KB273402

동 이 향
회 곡 짐

간과 강

동이향 희곡집

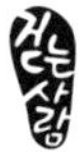

그러고 보면 비현실이란, 줄곧 생성되기를 멈추지 않는 세계의 윤곽일 것입니다. 그걸 이 세계 어느 구석에 만드는 일은, 기억이지만 기억이 아니게, 경험이지만 경험이 아니게, 꿈이지만 꿈이 아니게. 꿈이 아니지만 꿈이게, 경험도 기억도 아무것도 아니지만 이 세계에서 그것을 잔영하도록 하는 이 일은, 이 일이, 연극일 겁니다.

실제라는 허구, 실질과 효용이라는 거대하고 단일한 허구가 장악하는 이 세계를 다른 프리즘으로 보고자 하는 비현실들. 그 비현실들의 노력이 '지금'이라는 윤곽을 자그맣게 흔듭니다.
거기에 말들은 이 공기를 울려 우리의 자리를 놓습니다.
순식간에 무언가를 향했다 사라지는 그 개념과 욕망의 말들이 작게 진동하는 지금에 놓입니다.

그러므로 지금은, 잘못 뿌리내린 곳에서 계속 자라는 어쩔 수 없는 시간입니다. 곧 끊어질 실뿌리들. 어둠 속에서 흙을 더듬으며 기왕의 실패를 실패로, 실패조차 아니게 에둘러 아래로 곁으로 나아가는 하얀 식물의 뿌리입니다. 지렁이처럼.

그리하여, 무언가를 우리가 알도록. 알아내도록. 이 세계에 대체 무엇이 없기에 우리가 이토록 아픈지. 슬픈지. 고통스러운지. 그럼에도 이렇게 사랑하는지.

다시 한 권의 책이 나오기까지 십 년이 걸렸습니다.

그간 서로의 곁이 되어 준 나의 친구들과 동료들에게 깊은 존경과 감사를. 사랑하는 가족, 특히 어무니, 아부지께 이 작은 책을 드립니다.

2025년 4월

동이향

차례

간과 강

River and Liver

-인어가 진화하는 동안-

때

이래저래, 마지막 날일지 모르는 하루

곳

서울. 특히, 한강의 곳곳

한강이 보이는 엘과 오의 낡은 빌라

한강 아래 지어진 지하철 역 승강장

한강이 보이는 진료실

한강철교 아래 낚시터

나오는 이들

L(엘) : O(오)의 아내. 40대 중반 여성.

O(오) : L(엘)의 남편. 40대 중반 남성.

소년

의사

낚시꾼1, 2

V(뷔) : 한 남자

카운터 직원

노인

지하철 소리.
지하철 방송 멘트

"우리 열차의 마지막 역입니다. 모두 하차해 주시기 바랍니다. 내리실 때는 두고 내리는
물건이 없는지 잘 살펴봐 주시기 바랍니다."

반복된다.
연두색 글씨로 '회차'
지하철 문 닫히고 지하철 움직이는 소리.

지하철 소리.
코 고는 소리로 변한다.

L과 O의 집

침실. L과 O.

O, 우렁차게 코를 골고 있다.

L, 한쪽 어깨를 움켜쥔 채 앉아 있다. 고통스러워 보인다. 시계를 본다. 코 고는 소리를 한 동안 듣는다.

L, 일어난다. 커튼을 연다. 한강이 보인다. 맥주 캔을 딴다.

O   잠이 또 안 와?

L   아니야.

O   그럼 자.

L   응.

O   너무 덥지.

L   너무 더워.

O   눈부셔.

    강 오래 보지 마. 우울해.

L   (창밖을 보며) 맥주가 잘 들어가.

사이

L   저렇게 큰데.

O   크니까.

L   볼 때마다 달라.

    (사이)

    다 덮어 버려.

    (사이)

다 흘러가.

강도 맥주도.

O   오줌도.

L   다 덮어 버리니까.

다 하찮아져서.

응. 우울하고 자시고. (아프다)

O   몇 시야?

L   시계가 고장 났네.

바늘이 앞으로 갔다 뒤로 갔다 해.

건전지 어디 있나. 냉장고에 있나. 몇 개 넣어야 하나. 부질없다.

사이. 맥주를 마신다.

L   시간이 안 가.

O   잠을 자야지.

L   이것만 마시고.

사이

L   꿈같아. 꿈인가. 꿈… 같지 않아.

O   (웃음) 꿈이야.

L   (웃음) 꿈이구나.

이젠 밤도 낮처럼 더워.

근데, 아름다워.

인류는 멸망할까?

O   그럴지도 모르지.

L   뭐로 망할까? 지구 온난화? 바이러스? 전쟁?

         인류가 멸망하면, 세상을 보는 눈이 없네. 인간 없는 세상 볼 만할
         텐데. 그걸 아무도 못 보네.

코 고는 소리.

L   숨 쉬는 거 한번 애절하다.
         (사이)
         오고 있어.
         이젠 가까워.
         어쩌면
         (사이)
         아닐지도 몰라.

맥주를 마신다. 코 고는 소리.

L   저건…
         강 위에…
         떠 있는 거야?
         뭐지? 배야? 물고기? 아닌데.
         난다.
         …인어? 헤엄? 인어?

         없어졌어.

잘못 봤다.

와. 잘못 봤나 봐.
취했어.
술이 안 들어가네.
(모두 마시고 맥주 캔을 딴다)

코 고는 소리 멎는다. 사이. L, O에게 다가간다. 이마를 짚어 본다.

L   열이 나네. 뜨거워. ⋯전염됐어. 어디서.
           어이. 어이. 어떡해.

L, O를 흔든다. 코 곤다. L, 자기 이마를 짚어 본다.

L   내가 차가워.

L, 어깨를 움켜쥔다. 고통스럽다. 지하철 소리, 코 고는 소리에 겹친다.

L과 O의 집

아침. L과 O.

L   없어.

없어졌어.

어제 도착했다는데 없어.

문 앞에도 없어.

옆집으로 간 건가.

주소를 잘못 적었나 봐.

너무 아플 때여서.

상자가 여러 갠데. 민망하네.

자기가 좀 갔다 와 봐라.

너무 이른가?

O   옆집 격리 중이래.

L   어디서 감염됐대?

O   아직 감염은 아니지. 격리니까.

L   그럼, 못 받나? 여러 갠데.

O   뭘 또 그렇게 시켰어.

L   이거저거.

뭔가 너무 과한 거 같아서 미니멀 라이프로 좀 바꿔 보려고 꼭 필요한 것들로 사 봤어. 우리 집에 뭐가 많아. 눈에 걸릴 때마다 아파져.

O   그때마다 뭘 또 사니까. 아플 때마다.

O, 현관문을 열어 본다. 택배 상자를 발견한다.

O   여기 있는데.

L   없었는데.

         이상하네.

O   문 뒤에 있어.

L   문 뒤도 봤어.

O   이건 또 뭐야.

L   뜰채.

O   이건.

L   찌. 야광찌.

O   이건 왜. 한 박스나.

L   물 보는 게 좋아서 낚시나 해 볼까 하고.

O   낚싯대도 산 거야?

L   아직.

O   낚싯대가 있어야지.

L   있어야지. 나중에 사려고.

         바늘은. 아프잖아. 낚싯바늘은.

         실은 생선 만지는 게 싫어. 잡힐까 봐 겁나.

O   창문 좀 닫을게.

L   생선 냄새 때문에.

         생선 냄새는 잘 안 빠져.

O   생선 냄새까지 나면 이 집은 물속 같애.

         물이 너무 가까워.

         그러면 우울해진대.

술은 좀 깨? 자야 깨지.

L   여보, 변기가 막혔어. 이것 좀 해 줘.

O   지금은 못 해.

L   왜? 그냥 좀 해 줘.

O   지금 바닥을 내려다보고 있어.

       바닥이 없어.

       바닥이 없어졌어.

둘은 그걸 같이 내려다본다.

O   이걸 싱크홀이라고 하던데. 집에도 생기네.

L   우리 집이 1층이었기에 망정이지.

O   우리 집이 1층이니까 생긴 거지.

L   이게 왜 이러냐.

O   강 근처에 공사한다고 땅을 파서 지하수가 빠져나갔나 봐.

L   어디로?

O   한강이겠지.

L   한강엔 물도 많은데.

O   사람을 불러야 하나.

L   깊어 보여.

O   구멍 언제 생겼지?

L   이 바닥이 언제까지 있었지?

O　　　어제? 그제? 몰라.

L　　　여기는 매일 오질 않아.

O　　　무슨 소리 같은 거 들었어?

L　　　글쎄. 당신 코 고는 소리에 맞춰 땅 꺼졌으면 안 들렸을걸.

둘은 그걸 같이 내려다본다.

L　　　사람을 불러야겠지.

O　　　끝이 보여?

L　　　저기.

O　　　얼마나 될까.

L　　　한.

O　　　한.

L　　　오 미터.

O　　　아니야. 십 미터는 되겠다.

L　　　무슨, 삼 미터.

O　　　십오 미터.

O　　　들어가 볼게 꺼내 줄래?

L　　　싫어.

O　　　들어가 봐 꺼내 줄게.

L　　　…

O　　　진짜 꺼내 줄게.

L　　　…

O　　　꺼내 준다니까.

L　　　들어가 봐.

O 내가?

L 응.

O 꺼내 줄 거야?

L 아니.

O 못 믿겠어.

L 그치?

O 응.

L 나도 못 믿겠어.

둘은 그걸 같이 내려다본다.

L 여자 생겼지.

O 뭐?

L 여자 생겼지.

O 왜 이래.

L 아니야?

O 그럼.

L 여자 없어?

O 왜 이래.

L 그래.

O 여자 많지.

(사이)

밖에 여자 많지.

(사이)

밖에 모르는 여자 많지.

둘은 그걸 같이 내려다본다.

O   나, 여자 생겼어.

         (사이)

         농담이야. 농담이 안 되네.

L   씨발. 지랄 바이러스가 아주 창궐을 한다.

O   진짜야.

L   진짜구나.

O   진짜야.

L   나 아픈 건 가짜야.

O   어쩐지. 잘됐네.

L   잘됐지.

O   진짜 같았어.

L   가짜야.

O   와. 진짜 같았어. 왜 그랬어?

L   아프니까 그랬지.

O   응?

L   그렇게 아무렇지도 않아 보이는구나. 나는 아주 미치고 환장하
         겠는데, 불붙은 개미 떼가 시도 때도 없이 뼈를 갉아대. 불타면서
         썩어 들어가. 쇠꼬챙이랑 얼음덩이랑 번갈아 지져대는 것 같아서
         잠을 못 자. 이게, 그래? 응? 근데, 그래?

O   어떻게 알았어?

L   뭘. 내가 아프니까 알지. 뭘. 어떻게 알아.

O   어떻게 알았어?

사이

L   진짜야?
O   미안해.
L   진짜야? 진짜?

사이

O   나도 모르겠어.

        상대가 먼저 다가왔어.

        세상이 끝날지도 모른다고 생각하니까.
L   핑계 좋다.
O   맞아. 그래.

L   뭘 확인하고 싶었어?
O   뭘 확인하고 싶었나 봐.
L   뭘?
O   이게 잘 서는지.
L   그래서, 잘 서?
O   처음에만.
L   한두 번이 아니구나.
O   한…
L   그만 말해.

        말하지 마.

        아무 말도 하지 마.

O   실은… 당신이 알았으면 했어.

L   말하려고 그랬어?

O   아니.

L   난 씨발, 세상이 끝날 줄만 알았지, 이렇게 끝날 줄… 이렇게 끝이
       날 줄… 땡칠 줄… 끝. 이렇게.

       없던 일로 하자.
       아무 일도 없던 걸로.
       할 수 있어?
       난 할 수 있어.

지하철 승강장

지하철 소리. 승강장. L, 소년. 서성인다.

지하철 몇 대가 그냥 간다.

L, 마스크를 쓰고 있다. 잠시 벗는다. 코를 풀고 다시 쓰려는데.

소년   안녕하세요. 잘 지내시죠. 저 기억하시죠.
              저 기억 안 나세요? 기억하시죠. 기억하실 텐데요. 기억을 잘하셨
              잖아요.

L   아.

소년   맞아요. 저예요. 첫사랑.

L   아. 첫사랑. …제 첫사랑이요?

소년   네? 생식왕님 아니세요? 맞는데…

L   생식왕… 생식왕? 왜 귀에 익을까요?

소년   제가 첫사랑이라고 하니까 저한테 첫사랑 이야기를 해 주셨는데.

L   아,

소년   기억나세요?

L   기억…이… 기억이라는 게… 한 하루쯤 지나면 꼭 나거든요. 내일
              쯤이면 날 걸요.

소년   밖에 비 와요.

L   정말요?

소년   우산 없어요?

L   우산 있어요?

소년   이젠 비가 뜨거워요.

L   여기 있어야겠네요.

소년   생식왕님?

L   네?

소년   네, 생식왕님.

L   그게, 그러니까, 무슨 모임이었죠?

소년   진화론자들의 카페요. 우리 논쟁한 적도 있어요. 박쥐의 진화가
우월한지 인간의 진화가 우월한지.

L   제가 생식왕이라구요.

소년   제가 첫사랑이에요.

오래 기다렸어요.

너무 가까이 가진 않을게요.

지하철 지나간다.

소년   아는 분께 이걸 팔 수 있어 다행이에요. 물건에게도 운명이 있나
봐요.

물건 확인하실래요?

여기가 이렇게 되어 있는데 흔하지 않아요.

색깔이 이렇다 보니 오래 써도 흔적이 안 남구요.

계속 새것처럼 쓸 수 있을 거예요. 여기가 잘 고장 나는 부분인데,
한번 확인해 보세요.

라인이 매끈하고 우아하죠.

레어템이에요. 2000년에 밀레니엄 기념으로 딱 한 번 생산됐어요.
재질이 우주 항공 모함을 만드는 거예요. 그래서, 어느 각도로 보
는지에 따라 빛이 다르게 반사돼요. 그냥 두면 인테리어 효과도
있고요.

L   인류는 멸망할 거예요.

           인류가 멸망하는 게 좀 더 빠를까요,

           사라지는 게,

           이 물건이 사라지는 게 더 빠를까요.

소년   뭐에 쓰시려고 사는 거예요?

L   두면 쓸모가 있겠죠.

소년   맞아요. 이런 건 더 없어요. 더 이상 만들어지지 않아요.

           제가 급하게 파는 거라 정말 잘 사시는 거예요.

L   어떻게 쓰는 거예요?

소년   먼저 여기를 누르세요. 살살. 살짝 스치기만 해도 불이 들어와요.
           델리킷하죠.

L   그러네요.

소년   그러고 나서, 천천히 돌리면 소리가 들려요. 이제 시작된다는 걸
           알죠.
           그래요. 손끝에서부터 진동이 올라와요.

L   부드러워요.

소년   이제, 조금 더 들어가 봐요. 들어가요. 네네.
           여기를 같이 쳐 주면 파워가 더 올라가요. 천천히 올라가는 게 느
           껴지죠?

L   그래요.

소년   소리가 좋아요. 저는 이 소리를 좋아해요. 소리에 빠져들기 시작
           하면 헤어나오기 힘들죠.

L   지속 시간은요?

소년   원하는 대로 돼요.

L   하루 종일도?

소년   하루 종일요? 그렇게는 안 해 봤는데.

          화장실 갈 때라도 잠시 파워오프 하시면. 너무 뜨거워지지 않게
          요.

          터지면 좀 그렇죠.

L   저기, 나랑 잘래요?

          진짜로요.

          그냥, 아니, 사랑하는 것처럼.

          나랑 자지 않을래요?

          사랑이 없는 것처럼.

          그냥 스포츠 있잖아요.

          절절하게. 부드럽게. 세게. 멈췄다가. 세게.

          스포츠처럼. 들이마쉬고, 내쉬고, 두 번씩, 들이마시고 내쉬고.

          흡흡하하 흡흡하하 흡흡하하 흡흡하하

지하철이 지나간다.

소년   저기.

          괜찮으세요?

          이제, 집으로 가세요?

          집에 가야죠.

L   나는 교회에서 결혼식을 했어요. 신성하게.

소년   이 동네 살아요?
L   아니에요. 어디를 갈 거예요.

소년   저기. 제가 지금 진정한 사랑에 빠져 버려서. 그 사람을 생각하면
            그럴 수가, 그렇게 막 아무렇게나 막 그럴 수가 없어요.
L   그렇게나. 막. 아무렇게나.
소년   네. 아니. 짝사랑이요. 진정한.

L   이 역은 너무 깊어요. 내려오는 계단이 많아요.
소년   괜찮으세요?
L   그거 생각하면 숨이 잘 안 쉬어져요.
소년   강 아래 역을 지었어요.
L   이 위로 강이 흐르고 있어요.
소년   무너지지 않겠죠.
L   무너지죠.
소년   무너지죠.

지하철 멈춘다.

지하철 지나간다.

L   저걸 탔어야 했는데.

사이

26

L   그게 사랑인 걸 어떻게 알아요?

소년   그걸 어떻게 몰라요.

L   그래요… 아니요. …잠깐만요…

         모르겠어요. 그게 뭐였는지. 이제 모르겠어요.

소년   계속 생각나요.

L   그랬던 것 같아요.

소년   아주 잘 들려요. 모든 게. 그리고, 선명해요. 아주 선명해요. 명확
         하고, 분명해요. 뜨겁고, 확실해요. 그 사람이 모든 것에 있어요.
         어디에나 그 사람이 있어요.

L   기억이 안 나요. …그게 사랑이라고요?

소년   첫사랑 얘기를 저한테 해 주셨잖아요.

L   기억나요?

소년   다른 사람들 첫사랑이랑 좀 섞였을 수도 있어요.
         되돌아온다고 했어요. 당신을 데리러.

         그렇게나 잊혀지지 않겠지요. 모든 게 끝나고 나서도 끝나지 않
         겠지요.

L   지나간 게 다시 돌아온다면… 이제 꼭 좋지만은 않아요.

소년   입 주변에 항상 뭐가 묻어 있어요. 그 사람이요. 나는 그걸 보고
         지저분하다고 생각하고, 그걸 보면서 그 사람을 혐오해요. 하지
         만, 혐오할수록, 그 사람을 원해요.

너만 빼고 다 좋아. 그런 말을 했어요. 마음이 너무 아파요.

L   약을 먹어 봐요.

소년   어떤 약이요?

L   이걸 줄게요.

소년   무슨 약이에요?

L   통증에 좋아요.

소년   감사해요.

L   마음이 안 아플 거예요.

소년   마음이 편해지나요?

L   마음이 사라지죠. 땡볕 아래에서 시간 가기만 기다리는 것처럼. 기쁨도 흥분도 자고 싶은 마음도 땡볕 아래처럼 사라지죠.

소년   그 사람하고 사랑을 나누고 싶어요. 그런데 이 마음이 힘들어요. 이 약을 먹으라구요?
근데, 그 기분이 좋기도 해요.

그 사람과 잤어요.
우리는 입을 맞추고 춤추는 것처럼 옷을 벗었어요. 초콜릿을 물고 입을 맞췄어요. 한 번 하고, 또 한 번 했어요. 두 번 했어요.
너무 그리워요. 계속 생각나요. 멈출 수가 없어요. 계속돼요.

전화를 받지 않아요. 전화를 받아야 하는데, 받지 않아요.
아무리 해도 전화를 받지 않아요.

L   지하철이 안 오네요.

사이.

L   지금은 안 살래요.

          좀 더 생각해 볼게요.

소년   그새 다른 분이 사 갈걸요.

사이.

소년   할인 더 해 드릴게요 그냥 사세요.

          제가 하고 있는 일이 좀 안 맞아서 며칠 좀 쉬면서 다른 일 좀 알아보려구요.

L   무슨 일을 해요?

소년   한강에 있는 대교들 안전 진단을 해요.

L   다리들이요?

소년   다리들이 안전한지 살펴요.

L   다리를요? 엄청 크던데.

소년   다리 밑 진단통로로 들어가야 해요. 언제 끝날지 모르는 좁은 통로를 기어가요. 가다가 거기서 밥도 먹고, 가다가 거기서 졸기도 해요. 거기서 기어가고 있으면 내 위로 전철이 지나가요. 끝나지 않을 것처럼 내 위로 지나가요. 난 너무 작아요. 거긴 끝이 없어요. 터널은 너무 길어요. 나는 자꾸 멈춰요.

L   점이 있네요.

          입술에 점이 있어요.

소년   뭐가 묻었나 봐요.

| L | 묻은 건가. 입술 여기에. 점 같은데요. |

소년   입술에 점 같은게 있었던 것도 같아요.

마음이 아파요. 너무 사랑해요. 그 감촉이, 숨소리가 아른거려요.

L   당신은 아직 젊어요.

소년   그래요. 나는 아직 한창때예요. 나는 이십 대 젊은 남자예요. 나는 미쳐 버릴 것 같애요. 나는 뜨거워요.

L   나는 늙었어요. 주름도 있고. 웃지 않으면 절망한 사람처럼 얼굴이 흘러내려요.

사이

소년   헤엄을 잘 친다고 했어요.

물을 좋아한다고. 물 마시기도 좋아하고. 물가에 있는 것도, 물속에 있는 것도 좋아한다고.

그래서, 한강을 안 간다면서요. 생각날까 봐. 거기서 자주 만났다면서요.

생각 안 나요?

L   네?

소년   생식왕님 첫사랑이요.

L   아.

소년   네.

L   다른 사람 첫사랑 아니에요?

소년   생식왕님 첫사랑이에요.

생식과 물고기를 연결해서 외웠거든요. 물고기 같은, 물고기 산란 같은, 물고기 번식 같은 첫사랑, 물고기 알처럼 드글드글한 첫사랑.

L   그걸 다 외우나 봐요.

소년   그냥. 첫사랑은 다 달라요. 다.

L   당신은 지금 첫사랑이군요.

소년   그래요.

사이.

소년   바람이 부네요.

        지하에 맴도는 바람일까요?

        환풍구에서 불어오는 땅 위 바람일까요?

        멀리서 지하철이 오고 있는 걸까요?

L   구멍.

소년   네?

L   구멍이요.

소년   구멍이요.

L   네, 구멍. (지하철이 들어오는 터널을 가리키며) 저런 거요.

소년   아, 터널이요.

L   터널.

소년   네, 터널.

L   구멍이 생겼어요.

소년   아, 네.

L   이만해요.

소년   아.

L   이만한 구멍이.

소년   네.

L   부엌에. 바닥에.

소년   네?

L   1층이거든요. 집이. 우리 집. 1층이거든요.

소년   네.

L   거기 이만한 구멍이 생겼어요.

소년   와.

L   정말요.

소년   정말요?

L   네.

소년   와.

L   10미터래요.

소년   뭐가요?

L   그 구멍이 10미터래요.

소년   누가요?

L   조사하러 올 거예요. 사람들이.

소년   사람들이요.

L   네, 2명이니까.

소년   사람들이네요.

L   그냥 보면 바닥이 안 보여서 정말 새까매서 지옥으로 통하는 거 같았어요. 집 한복판에.

소년   언제요?

L   네?

소년   언제 그랬어요?

L   언제였지?

언제부턴가 조금씩.

어쩌면 원래 있었는지 몰라요.

아주 오래전부터 있었는데.

그걸 알고도 있었는데.

지하철이 온다.

지하철 승강장

지하철 소리.

방송 "이번 열차는 우리 역에 정차하지 않고 지나가는 열차입니다".

노인, '예수천국 불신지옥' 팻말을 들고 돌아다닌다.

노인　　예수천국 불신지옥.

주님이, 우리 주님이 세상을 만드셨고 이제 끝내려고 하십니다.

정말입니다. 정말로 정말정말 종말입니다.

여러분은 좀비(준비)가 되어 있습니까?

그분이 오십니다. 세상을 심판하러 오십니다.

더 이상 내일이 없습니다. 죄진 자들아 기도하라. 주님은 시작이
자 끝이며, 알파와 오메가입니다. 주님은 이 세상을 만드셨듯이
이제 끝내려고 하십니다.

이제는 끝. 완전히 끝이다.

예수천국 불신지옥.

돌아오지 않을 시간이 다가옵니다. 회개하라. 다가오는 주님의
시간에 회개하지 않은 자들은 이곳에 없습니다. 여러분은 사라져
요. 뜨거운 불구덩이에서 영원히 타들어 갑니다. 천국에서 영생을
얻으려거든 주 예수를 믿으세요. 여러분은 사라지고, 세상은 끝
나 갑니다.

여러분은 좀비(준비)가 되어 있습니까?

여러분은 세상의 끝을 받아들일 좀비(준비)가 되어 있습니까?

지하철이 지나간다.

진료실

의사와 L.

L 기억나지 않아요.

이상한 음악을 듣고 있었어요.

어쩌면 이상한 음악을 듣는 기분이었어요.

이상한 음악이 들리면 몸 어딘가 불편해지고,

그 음악은 곧 끝날 테니까 조금 기다려 보지요.

그러다 그 사람을 생각했어요.

그 사람과 물속에 있었죠.

그 사람은 물을 좋아했어요. 물에 속한 사람이었죠.

그냥 같이 헤엄을 치고 있었을 뿐인데,

항상 난 그 장면에서 허우적대고 있죠.

그 사람은… 그 사람은 무표정하고 미끌거려요.

음악이 끝났어요.

그 기분이 지나가야 하는 때가 왔어요.

그래야 했어요. 그게 적당하죠. 적당해요.

하지만, 계속됐죠. 음악이 끝났는데 계속됐어요

난 기다렸어요. 그게 끝나기를. 곧 끝날 거라고 생각했죠.

왜냐하면, 그런 적이 없었으니까.

지나가는 어떤 거 같은 거니까.

그렇게 시작된 통증이 끝나지 않았어요.

그게 이렇게까지 계속될 줄 그때는 몰랐죠.

알았으면, 아마.

의사   얼마나 주무시죠?

L   8시간? 제가 잠을 너무 많이 자나요?

의사   적당한 시간이에요.

L   어쩔 때는 30분이요. 3시간일 때도 있고, 6시간일 때도 있어요. 12시간일 때도 있구요.

의사   불규칙하군요.

L   네, 맞아요. 불규칙해요.

의사   그건 좋지 않아요.

L   그렇죠? 좋지 않아요. 그것 때문이군요.

의사   식사는 어떠세요?

L   어떨 때는 밀가루를 끊어요. 어떨 때는 유제품을 끊어 보기도 하고요. 어떨 때는 고기를 안 먹어 보지요. 아무거나 다 먹기도 해요. 아침은 꼭 먹고, 점심과 저녁은 그때그때 달라요.

의사   아침을 먹는 건 좋은 습관이에요.

L   그렇군요.

의사   역류성 식도염이 있어요.

L   네.

의사   시티 상으로는 아무 문제가 없네요. 약과 운동 처방이에요. 8주간 물리치료를 받으세요.

L   8주요? 8주나요? 그게 될까요?

의사   ……

L   아니요. 처방해 주세요.

의사   8주면 가을이 와야겠네요.

L   가을은 안 오겠지요.

의사   어쩌면 이렇게 오래갈 거라는 이야기도 있어요. 인류는 진화하잖아요. 방법을 찾을 거예요.

L   오래, 얼마나요?

의사   글쎄요.

L   내일이면 끝날 거라는 말도 있구요.

의사   …

L   그걸 받으면 나을까요?

의사   네?

L   물리치료요.

의사   네. 다음 주에 뵐게요.

L   혹시 제가 술을 너무 많이 마시는 걸까요?

의사   …얼마나 드시죠?

L   매일 꼬박꼬박 한 캔씩은 마시는 것 같아요.

의사   맥주요?

L   네.

의사   맥주가 술인가요.

L   선생님. 실은, 한 캔보다 많이요.

의사   그렇죠. 항상 한 캔보다 많이 마시게 되죠.

L   실은, 얼마나 먹는지 모르겠어요.

의사   술은 상관없어요. 하지만, 줄여 보세요.

L   그럼, 술은 괜찮겠지요?

의사   줄여 보세요.

L   일어났는데 일어나지 않은 것 같아요. 아직 잠들어 있는 것처럼. 몽롱하기도 하고,

의사   몽롱하군요.

L   몽롱하기도 하지만, 그 뭐냐,

의사　약을 처방해 드릴게요.

L　네, 약. 정신이 안 차려지는 거예요.

의사　네, 그렇군요.

L　네?

의사　네?

L　귀도 잘 안 들려요. 청력에 이상이 온 건가요. 이쪽 귀는 잘 들리는데, 이쪽 귀가 잘 안 들려요. 아닌가. 이쪽이 잘 들리고 이쪽이 잘 안 들리나.

의사　청력이요.

L　원인이 있지 않을까요?

의사　두통도 있으시구요.

L　네, 그래요. 머리도 묵직하고. 얘기했죠. 아직 잠들어 있는 거 같아요. 아무리 커피를 마셔도 잠에서 안 깨는 거지요.

의사　흠…

L　아무래도.

의사　흠… 아무래도. 혹시 최근에 여행 금지 구역에 다녀오셨다거나 그쪽에 다녀온 사람하고 접촉이 있었다거나.

L　에구머니나. 아니요. 없어요. 없어요. 아닌 거죠?

의사　스트레스성. 그게 아니면.

L　스트레스성. 그게 아니면.

의사　노화입니다.

L　노화요?

의사　갱년기 증상일 수 있어요. 피 검사를 해 보죠.

L　가려워요. 긁을 수 없는 곳이 가려워요.
　저 안이요. 피 같은 데도 가려울 수 있나요?

의사　　그렇게 말하면 제가 뭐라 할 말이 없어요.

L　　간지러워요. 계속 간지러워요. 저 안쪽이요.

소리 지르고 싶어요. 비명을 지르고 싶어요. 아프다고 몸부림치고 싶어요. 참기가 힘들어요.

의사　　소리 지르세요.

L　　비명을 질러도 돼요?

의사　　네.

L　　여기서요?

의사　　여기 말구요.

L　　그럼, 어디서요?

의사　　시끄러운 곳이나 사람 없는 곳이 낫겠지요.

L　　선생님, 수술할 때 쓰는, 외과 수술할 때 쓰는 마취약을 처방해 주실 수는 없어요?

그건 확실하잖아요.

저는 왜 아픈가요?

어디가 고장 난 거죠?

제가 아픈 건 무슨 수수께끼 같은 거죠?

제가 불안해서, 우울해서 그런 건가요?

제가 무언가를 기억하지 못해서 통증이 생기는 건 아닐까요? 어쩌면 통증이 생기는 데에는 어떤 규칙이 있을지도 몰라요. 내가 잊어버린 무언가 때문에 그걸 알리기 위해 통증이 어떤 신호를 보내는 거죠. 통증이 세졌다, 약해졌다, 이러는 건 모스부호 같은 거 아닐까요?

의사	약을 다르게 처방할게요.

L	선생님, 저는 깨어 있고 싶어요.

	아무 기쁨도 의욕도 없어요.

의사	호전되고 있는 거예요.

L	전 공허해요.

	약을 먹으면 고통이 느껴지지 않는 것을 느껴요. 그 고통은 이상해요.

	내가 아파서 흥분하면 다른 사람이 당황해요. 나는 위험하죠. 내 통증은 위험해요. 왜죠?

	책을 봤어요. 마취약 없이 수술하던 때 이야기예요. 유방절제수술을 하는데, 마취 없이 하는 거죠. 그걸 보고, 또 봤어요. 믿어지지 않는 내 통증이 거기에 있더라구요. 선생님, 저 아픈 거 맞죠?

의사	아프지 않아요. 아무런 병이 없어요.

L	이유가 없는데. 나는 왜 아프죠? 이유가 없잖아요. 그럼, 그건 신의 계시인가요? 아, 나는 이유가 없으니까 아프지 않은 거죠. 맞아요. 나는 아프지 않아요. 나는 아프지 않아요. 방법을 찾았어요.

	약을 먹으면 되는 거죠. 정 아프면 약을 먹으면 돼요.

의사	그래요. 시티 결과상 문제가 없어요.

L	그럼, 저는 괜찮은 건가요?

의사	네, 문제가 없어요.

L	저는 아프지 않은 거예요.

의사	그래요.

L	그런데, 저는 왜 아프지요?

사이

40

L   그럼, 트라조돈을 먹으면 되는 건가요?

의사   트라조돈을 드세요.

L   트라조돈을 먹으면 몽롱해져요.

의사   계속 드시면 적응이 될 거예요.

L   적응이라는 게, 그러니까…

의사   몽롱한 게 적응되실 거예요.

L   하루라도 깨어 있고 싶어요.

의사   그럼, 아플 거예요.

L   저, 아픈 거죠?

의사   시티 상으로는 깨끗해요. 제 소견은 이상 없음입니다.

병원 카운터

카운터직원　상담료까지 해서 이십삼만오천 원입니다.

L　　　　　잠깐만요. 지갑 좀 찾을게요.

　　　　　　(지갑을 찾으면서) 할부로 해 주세요.

카운터직원　몇 개월로 할까요?

L　　　　　육 개월 아니, 십이 개월도 되나요?

카운터직원　네. 무이자 할부가 아니에요.

L　　　　　괜찮아요. 십이 개월이요. 잠깐만요. 카드가 없어요. 카드가.

카운터직원　아.

L　　　　　카드가.

카운터직원　천천히 찾아보세요. 마지막으로 봤던 게 어디서였죠?

L　　　　　지하철이요.

카운터직원　지하철 내릴 때까지요?

L　　　　　아니요.

카운터직원　지하철 탈 때는요?

L　　　　　표를 찍었어요.

카운터직원　그럼, 내릴 때는요?

L　　　　　내릴 때는, 그냥 나왔어요. 문이 열려 있었어요.

　　　　　　소매치기를 당한 거 같아요.

카운터직원　아.

L　　　　　씨발 새끼.

카운터직원　네?

L　　　　　첫사랑 어쩌고 하면서.

카운터직원　첫사랑이요?

L　　　　　아니요. 그게 아니라. 첫사랑 어쩌고 하면서 지갑을 훔쳐 갔어요.

카운터직원 보이스 피싱이네요.

L 아니요. 아니.

카운터직원 남자였어요?

L 네. 남자요.

카운터직원 그러니까 보이즈(boy's) 피싱이죠.

L 네? 아, 네. 보이즈 피싱이네요.

카운터직원 첫사랑은 사기예요.

L 네?

카운터직원 저도 얼마 전에 첫사랑한테 당했어요.

L 저런.

카운터직원 괜히 마음이 흔들려 가지고는.

L 첫사랑에 마음이 흔들리셨군요.

카운터직원 정말 좋아했었거든요.

어쩌죠?

L 어쩌죠?

카운터직원 일단 카드를 막으세요.

L 네 그럴게요.

카운터직원 그리고, 신고하세요.

L 경찰에요?

카운터직원 네, 경찰에 신고하세요.

L 그럼, 경찰서에 가고 막 그래야 하는거죠?

카운터직원 네.

L 잠깐만요. 남편한테 전화할게요.

카운터직원 네.

L 계좌 이체로 해 달라고 할게요. 계좌 알려 주세요.

전화가 안 되네요.

전화가 안 돼요.

선생님하고 이야기 좀 해도 될까요?

카운터직원　　이런 일은 저하고 얘기하셔야 해요.

L　　혹시, 저… 돈 좀 빌려주실 수 있나요?

카운터직원　　네?

L　　남편이 전화를 안 받네요.

둘은 마주 본다.

한강, 한강대교 아래

L, 등장한다.

지축을 울리는 지하철 달리는 소리가 머리 위로 들린다.

낚시꾼들이 낚시를 하고 있다. L이 그들과 떨어져 앉아 있다.

간간이 물고기가 잡힌다.

낚시꾼1　　　기분 좋아 보인다.

낚시꾼2　　　응, 그래?

낚시꾼1　　　기분 좋아 보여.

낚시꾼2　　　하하하하.

낚시꾼1　　　울게 될 거야.

낚시꾼2　　　응?

낚시꾼1　　　너 울게 될 거야.

낚시꾼2　　　아니야.

낚시꾼1　　　기분이 좋아 보이다니, 젠장, 곧 울 거다.

낚시꾼　　　아니야.

낚시꾼1　　　내가 정말 슬픈 사랑 이야기를 할 거거든. 눈물 없이는 들을 수 없

　　　　　　　거든.

낚시꾼2　　　하하하하하.

낚시꾼1　　　두고봐라.

낚시꾼2　　　하하하하하.

낚시꾼1　　　그 사람이

낚시꾼2　　　그 사람이,

낚시꾼1　　　너무너무 급한 거야.

낚시꾼2　　어우야.

낚시꾼1　　쉬가 마려운 거야.

낚시꾼2　　어우야.

낚시꾼1　　오줌이 나올라 그래. 급한 거야. 한참을 참았거든.

낚시꾼2　　왜?

낚시꾼1　　화장실을 못 찾아서.

낚시꾼2　　왜?

낚시꾼1　　산속이니까.

낚시꾼2　　어우야.

낚시꾼1　　왜?

낚시꾼2　　여자랑 같이 있었다며.

낚시꾼1　　내가 언제?

낚시꾼2　　그랬어.

낚시꾼1　　아니야.

낚시꾼2　　아까 그랬어. 아까.

낚시꾼1　　아니야.

낚시꾼2　　어우야.

낚시꾼1　　화장실을 찾다가 찾다가 못 찾아서 결국 풀섶 앞에서 깠네. 맴매 풀섶이었어. 무성하지. 바지를 깠어. 훌러덩 벗었어. 너무 급하니까 이게 바지가 그냥 쭉 내려갔는데, 추슬러 올릴 것도 없이 그냥 쏴아아.

낚시꾼2　　어우야.

낚시꾼1　　좔좔좔.

낚시꾼2　　콸콸콸.

낚시꾼1　　줄줄줄.

낚시꾼2　　이제 그만.

낚시꾼1 오래 참았어.

낚시꾼2 이제 그만.

낚시꾼1 그런데, 그만.

낚시꾼2 그만?

낚시꾼1 이게 너무 세니까 막 튀는 거야.

낚시꾼2 막 튀어?

낚시꾼1 흙이랑, 모래랑, 부러진 풀 쪼가리랑 작은 돌까지.

낚시꾼2 어우야.

낚시꾼1 작은 돌멩이까지 튀도록 오줌 줄기가 센 거지. 하도 오래 참아서.
　　　　문제는,

낚시꾼2 문제는,

낚시꾼1 그게 튄 거야.

낚시꾼2 그게? 안 돼.

낚시꾼1 그게 튀어서는 거시기에 탁 가서 붙은 거야.

낚시꾼2 털어내.

낚시꾼1 털었지. 일을 시원하게 봤으니까 털어야지.

낚시꾼2 떨어졌어?

낚시꾼1 아, 안 떨어졌어.

낚시꾼2 어쩌냐 어쩌냐.

낚시꾼1 그게 별 조각이거든. 먼 하늘을 날아온 별 조각이야.

낚시꾼2 낭만적이야.

낚시꾼1 어려운 말이 있어. 우우우우…

낚시꾼2 우…우…동?
　　　　우우우…우산?

낚시꾼1 우우우우우…운…석. 운석. 그게 우주를 날아와서 지구 대기권을
　　　　뚫고 산산조각이 나서 떨어진 거야. 그 조각 하나가, 티끌만큼 부

수어진 그 별 조각 하나가 멧돼지 머리에 떨어졌거든.

낚시꾼2　죽었어?

낚시꾼1　죽었어.

낚시꾼2　아이고, 어머니.

낚시꾼1　그 멧돼지를 때린 운석에서 튀어나온 조각이 땅에 있다가.

낚시꾼2　아.

낚시꾼1　그게 그냥 거센 오줌 줄기에 맞아서.

낚시꾼2　아.

낚시꾼1　튀어 오른 거지.

낚시꾼2　아아아.

낚시꾼1　거시기에 탁 붙어서.

낚시꾼2　안 떨어져.

낚시꾼1　안 떨어져.

낚시꾼2　탈탈 털어도.

낚시꾼1　빤스를 입어도.

낚시꾼2　씻으면 돼.

낚시꾼1　씻어도 안 떨어져.

낚시꾼2　말도 안 돼.

낚시꾼1　씻었는데도 안 떨어져.

낚시꾼2　점 아냐?

낚시꾼1　점이냐.

낚시꾼2　점이야.

낚시꾼1　점 아냐.

그 남자 거시기에 탁 붙은 거지.

털어내도 안 털어지는 거지.

그 남자가 그 여자랑 자는데.

낚시꾼2   누가 누구랑 자?

낚시꾼1   그 남자랑 그 여자랑.

낚시꾼2   아.

낚시꾼1   그 남자랑 그 여자랑 자는데.

낚시꾼2   왜 자?

낚시꾼1   그냥.

          뭐 이렇게도 자고, 저렇게도 자는 거지. 중요한 건 자는 거지.

낚시꾼2   사랑은?

낚시꾼1   사랑…하겠지.

낚시꾼2   그치? 사랑하는 거지?

낚시꾼1   사랑하겠지.

낚시꾼2   사랑해?

낚시꾼1   사랑해.

낚시꾼2   사랑해. 사랑해.

낚시꾼1   사랑해. 사랑해.

낚시꾼2   토 나올 때까지 말해 줘.

낚시꾼1   사랑해. 사랑해.

L, 일어나 나간다.

낚시꾼1   사랑해. 사랑해. 사랑해. 사랑해.

낚시꾼2   그래서? 둘이 자는데?

낚시꾼1   둘이 자는데. 어떻게 자냐 하면.

          부드러워. 부드러워.

낚시꾼2   좀 더.

낚시꾼1   부드러워.

낚시꾼2　이제, 조금 더 들어가 볼게요.

낚시꾼1　들어가요.

낚시꾼2　네에.

낚시꾼1　들어가요.

낚시꾼2　그 사람이 자꾸 들어와.

낚시꾼1　침이요? 흐르게 두세요.

　　　　이제 둘이 막 하는 거야.

낚시꾼2　이렇게 하고.

낚시꾼1　저렇게 하고.

　　　　운석의 작은 조각들이 점점 부수어지는 거야.

낚시꾼2　어떻게 부수어지느냐.

낚시꾼1　이렇게. 이렇게.

낚시꾼2　그리고 이렇게.

낚시꾼1　부수어지고야 말지. 그렇게나 탈탈 터는데 말이야.

낚시꾼2　그렇게나 흔들고 말이야.

낚시꾼1　뒤섞고 엎더니 뒤집고 그러는데 말이야.

낚시꾼2　그래서 부수어진 운석 조각들이 이제 몸을 돌아다녀.

낚시꾼1　남자의 몸을 돌아다녀.

낚시꾼2　여자의 몸을 돌아다녀.

낚시꾼1　인간의 몸을 돌아다녀. 근육을 헤집고,

낚시꾼2　혈관을 타고 쌩쌩 달리다 말초신경으로 얼떨결에 갈아타서는 이
　　　　제 신경계를 돌아다니고, 뉴런을 옮겨 다니고, 그렇게 탐험하는
　　　　거야.

낚시꾼1　세포들 사이를, 세포들을 구경하지. 세포가 생겨나는 걸 세포가
　　　　죽는 걸 한참을 구경하지. 그 안에서 헤엄도 쳐 보지.

낚시꾼2   거기가 자기가 지나온 곳들과 비슷하다고 느끼지.

낚시꾼1   운석들, 운석들, 세포들, 세포들. 나는 것들, 떠다니는 것들, 시간
          이 지나도 반복되는 것들, 시간이 흐르지 않는 것들, 그리고, 변하
          고 있는 것들.

낚시꾼2   변하고 있는 것들.

          아름다워.

낚시꾼1   아름다운 사랑 이야기야.

낚시꾼2   사랑 이야기야?

낚시꾼1   사랑 이야기지.

낚시꾼2   사랑 이야기야.

          근데, 뭐가? 왜 이게 사랑 이야기야?

낚시꾼1   사랑은 어긋나는 거야. 알 수 없는 거고. 지나가는 거야.

          세포랑 운석은 이루어질 수 없잖아. 세포랑 운석은 서로를 알아
          볼 수 없잖아.

낚시꾼2   슬퍼라.

낚시꾼1   내가 뭐랬어. 슬프댔지. 눈물이,

풍덩. 물소리.

낚시꾼1   풍덩. 풍덩?

낚시꾼들, 바라본다. 안절부절못한다.

낚시꾼1   뭐야.

낚시꾼2   뭐가 빠졌어.

낚시꾼1   봤어?

낚시꾼2　　하늘에서 뚝 떨어졌어.

낚시꾼1　　그래.

낚시꾼2　　뚝.

낚시꾼1　　뚝.

낚시꾼2　　봤어?

낚시꾼1　　뭐였어?

낚시꾼2　　운석?

낚시꾼1　　운석?

낚시꾼2　　아니야.

낚시꾼1　　사람이었어?

낚시꾼2　　아니야.

낚시꾼1　　사람보다 컸어.

낚시꾼2　　아니야. 사람이었어.

낚시꾼1　　남자?

낚시꾼2　　여자.

낚시꾼1　　아까 여기 있던 여자가 저 위에 있던데.

낚시꾼2　　야. 신고해.

낚시꾼1　　여기서 낚시하는 거 불법이야. 물고기 산란장 바로 앞이잖아.

낚시꾼2　　그럼, 어떡해.

낚시꾼1　　들어가.

낚시꾼2　　내가?

낚시꾼1　　그래.

낚시꾼2　　난 수영 못 해.

낚시꾼1　　나도 수영 못 해.

낚시꾼2　　그럼 어떻게 해.

낚시꾼1　　어차피.

낚시꾼2   어차피.

낚시꾼1   저 높이에서 빠지면 죽어.

낚시꾼2   그러니까.

낚시꾼1   빨리 구해야지.

낚시꾼2   어차피.

낚시꾼1   어차피.

낚시꾼2   인류는 멸망해.

낚시꾼1   사라져.

낚시꾼2   그래.

낚시꾼1   어차피 그럴걸.

낚시꾼2   그런데 말이야. 혹시.

낚시꾼1   혹시.

낚시꾼2   인류가 안 망하면 어떡하냐?

낚시꾼1   자살방조죄.

낚시꾼2   시체유기죄.

낚시꾼1   물고기 산란장 앞에서 낚시한 죄.

낚시꾼2   음담패설 죄.

낚시꾼1   왜 그게 죄야. 사랑에 대해 말한 죄.

L, 물에 젖은 채로 강에서 헤엄쳐 나온다.

낚시꾼 둘, L을 망연히 바라본다.

L, 낚시꾼들과 떨어져 눕는다. 눈을 감는다.

낚시꾼2   가 봐.

낚시꾼1   니가 가 봐.

낚시꾼2   괜찮을까?

낚시꾼1   몰라.

낚시꾼2   그냥 쉬는 거겠지?

낚시꾼1   그렇겠지.

낚시꾼2   가서 물어라도 봐봐.

낚시꾼1   아이참.

낚시꾼2   빨리.

낚시꾼1   죽었으면.

낚시꾼2   죽기 전에 말 걸어.

낚시꾼1   죽었는데 어떻게 말을 해.

낚시꾼2   그러니까 죽기 전에 말을 걸라고.

낚시꾼1   말하면 안 죽어?

낚시꾼2   응?

낚시꾼1   말하면 안 죽기도 하나?

낚시꾼2   그건 아니지.

낚시꾼1   그럼, 안 해.

          니가 해.

L, 일어나 뚜벅뚜벅 온다.

아까처럼 낚시꾼들 옆에 와 앉는다.

낚시꾼들, 어쩔줄 몰라 하다 낚시를 계속한다.

조용한 물소리.

긴 침묵.

낚시꾼1, 물고기를 낚는다.

낚시꾼2   더워.

낚시꾼1　　너무 더워.

낚시꾼2　　그래도 여기가 제일 나아.

낚시꾼1　　맞아.

낚시꾼2　　여기는 그래도 아직 그늘이 있어.

낚시꾼1　　바람도 있고.

낚시꾼2　　하늘도 높고.

낚시꾼1　　파랗고.

낚시꾼2　　물도 파랗고.

낚시꾼1　　물도 맑고.

낚시꾼2　　아무 일 없는 것처럼.

낚시꾼1　　아무 일 없지.

낚시꾼2　　내일도 문제없겠지.

낚시꾼1　　내일도 괜찮아.

낚시꾼2　　내일도 오늘 같을까.

낚시꾼1　　내일도 오늘 같겠지.

낚시꾼2　　어제도 오늘 같았나.

낚시꾼1　　어제도 오늘 같았지.

낚시꾼2　　그제도.

낚시꾼1　　그렇지.

낚시꾼2　　그끄제도.

낚시꾼1　　그렇지.

낚시꾼2　　모레도.

낚시꾼1　　그럼.

낚시꾼2　　그다음 날도.

낚시꾼1　　그럼.

낚시꾼2　　근데, 그럼 무슨 의미가 있나. 다 이렇게 같을 거면.

낚시꾼1 그런가.

낚시꾼2 어제나 그제나 오늘이나 내일이나.

물고기를 낚는다.

낚시꾼2 좀 살살 해. 넌 왜 항상 그렇게 바늘을 쥐어뜯냐.

이렇게 살살살살 상처가 더 커지지 않게.

낚시꾼1 물고기는 안 아파.

낚시꾼2 그래?

낚시꾼1 문 걸 또 물잖아.

낚시꾼2 물어?

낚시꾼1 이러고 풀어주면 또 와서 물어.

L 아파요.

물고기도 아파요.

낚시꾼1 물고기는 아프지 않아요. 물고기는 아픈 걸 몰라요.

L 아니요. 물고기도 아파요. 그렇게 후벼파면. 그렇게 후벼파고 헤

집고 후비고 쑤셔대면 물고기도 아파요.

낚시꾼2 살살 할게요.

L 네.

낚시꾼1 살살 하면 괜찮아?

L 아니, 그래도 아파요.

살살 하면 살살 후비고 살살 헤집고 살살 쑤셔대면 살살이지만

엄청 아파요.

물에 빠져 허우적대는데 물고기가 지나가요. 물고기들이 헤엄쳐

요. 물고기들이 헤엄쳐 왔어요. 미끌거리고 무표정한 물고기들이 지느러미를 흔들며 물결을 만들었어요. 나는, 물고기랑, 같이, 허우적대다가, 뭍으로 올라왔어요. 물고기들이 나를 가엾어 했어요. 젠장, 물고기들이 인간을 가엾어 했어요.

물고기들은 아픈 걸 알아요. 물고기들이 아파서 비명 지르고 몸부림치고 그러면 알 거예요? 아프다면 아픈 거예요. 아프지 않은 게 아니고, 아프게 하면 아픈 거예요. 그건 물고기도 인간도 진화가 그렇게 우리를, 진화가 우리를 그렇게 만든 거예요.

철교 위를 달리는 지하철 소리 육중하게 울린다.

한 남자가 천천히 지나간다.

L과 O의 집

L과 O.

L, 맥주 캔을 딴다.

L 오늘 어떤 사람을 만났는데, 그 사람이 그래. 자기가 첫사랑이라고.

그러니까, 내가 물어봤지. 네? 당신이 첫사랑이라고요?

그렇대.

당신이 내 첫사랑이라구요?

그랬더니, 자기는 첫사랑이래.

그게 무슨 말이냐 하면, 닉네임이 첫사랑이래.

내가 왜, 무슨 진화 어쩌고 하는 카페에서 잠깐 논 적이 있었는데, 그때 나를 만났대.

내가 오프 모임도 갔나 보지.

나는 그때 생식왕이었대.

그 사람은 첫사랑이고.

웃기지?

O 왜 생식왕이야?

L 생각이 안 났어. 하나도 안 났어.

진화에 관한 모임이니까 그렇게 지었나 봐.

그래서, 그 사람하고 이야기를 하는 동안에는 거짓말을 했어. 맞다고. 내가 그렇다고. 당신이 그렇다고.

자기 닉네임이 첫사랑이다 보니까 사람들이 자기한테 지들 첫사랑 이야기를 그렇게 한대.

나도 그랬대.

내가 그랬대. 내가 첫사랑 이야기를 자기한테 했대.

내 첫사랑 이야기 기억나?

내가 첫사랑 이야기 했던가?

이상하지.

그랬을 리가 없거든.

나는 첫사랑 이야기를 안 해.

왜냐하면,

나는 기억이 안 나.

첫사랑이 기억이 안 나.

O　　그 사람한테 물어보지.

L　　물어봤어.

O　　그래서, 얘기 들었어?

L　　응.

O　　그랬구나.

L　　그랬어.

　　　웃기지? 이런 날. 하필, 이런 날. 첫사랑이라니.

O　　(말이 없다)

L　　말이 없다.

시계 고쳤네. 시간이 가네.

화분이 죽었어.

선 채로.

썩지도 않아.

해가 그걸 비춰. 하루 종일. 그림자가 움직여.
모르는 걸까.

나는.
여기가. (어깨를 잡는다)
떨어져 나갈 것처럼. 떨어져 나갔으면 좋겠어.

사이

O   없어.

          없어졌어.

L   잘 찾아봐.

O   있었는데.

L   있을 거야.

O   그래.

L   별일 없지?

O   별일 없어.

L   살이 좀 빠졌네.

O   응.

L   그래.

O   몸무게는 그대론데.

L   영양제는 먹고 있어?

O   생각나면.

L   더 사 줄까?

O   아니. 다 먹으면 말할게.

L   근데 뭐가 없어졌어?

O   응?

L   뭐가 없어졌다는 거야?

O   아…

L   아…

O   아니야.

L   아…

사이

L   변기가 좀 이상해. 물이 잘 안 내려가는데. 고장인가?

O   물이 안 내려가? 변기 막힌 거 아니야?

L   변기가 막힌 거라기보다는 물이 천천히 내려가는 걸로 보여.

O   사람을 불러야겠지?

L   응. 하기 싫어. 모르는 사람이 집에 오는 게 싫어.

       변비가 심해,

O   한동안 좋아졌잖아.

L   커피를 바꿔 볼까 봐. 커피를 바꾸고 그런 것 같아.

       변비가 낫지를 않아.

       아침을 굶어 볼까 봐.

O   유산균을 많이 먹어 봐.

사이

O   좀 쌌어?

       술을 많이 먹어 봐.

L 그리워.

O 뭐가?

L 잘 쌌을 때가. 헌데, 잘 기억이 안나.

O 잘될 거야.

L 저기.

O 응?

L 말을 할 때 조금만, 그 조금만 생각하고 말해 볼까. 우리?

O 응?

L 아무 생각이 없는 것 같잖아.

   하던 대로만 말하는 것 같아. 습관.

   왜 아무 말 안 해?

O 습관이 아닌 말을 찾고 있어.

L 당신한테 잘해 주면서, 당신을 너무 믿지 않기가 어려워, 자꾸 믿
   고 싶어져. 당신을 사랑하는 것과 당신을 사랑하지 않는 것의 차
   이가 뭔지 모르겠어. 이제 아프지 않을 때와 아플 때 구분이 없어
   져.

O 모르겠어.

   몰라.

   그때는 안다고 생각했어.

그래.

알아서 그렇게 했어.

안다고 생각하면 할 수 있거든.

모르는데.

L   안다고 생각해 버려. 너만 그런 건 아니야.

O   비 많이 온다.
L   비 와?
O   응.
L   밖에?
O   엄청 많이 온다. 불란서.

         TV를 보고 있어.

O   아.
L   왜?
O   인어가 발견됐대. 불란서 해변에서. 비 많이 오는데. 외계인을 닮
         았네. 물에 불어서 그런가 봐.
L   인어가 물에 불어?
O   응, 사체래.
L   인어 사체?
O   죽어야 나타나는 거지. 살아서는 물 저 아래에서 드러나지 않아.

넓은 바다 위에 숨만 쉬러 잠깐씩 올라오지.

L   인어는 포유류야, 어류야?

O   인어는 포유류지.

L   아니, 인어는 어류지.

    죽은 걸 보고 어떻게 인어인 줄 알아?

O   응?

L   안 그래?

O   글쎄.

L   죽었고, 물에 불었으면, 그게 인어가 아닐 수도 있지.

    인어가 나을까, 외계인이 나을까.

    발견되는 거 말이야.

O   낫다는 기준이 뭔데.

L   인류의 안전?

O   인어든 외계인이든 생활비만 꼬박꼬박 들어오면 안전해.

L   엔꼬가 제일 위험하지.

    난 큰 우주보다 큰물이 무서워. 더 상상이 잘돼.

O   해부를 했대. 인어를 가지고 해부를 했는데, 몸 한가운데 뭐가 있
    는지 알아?

    간. 빛나는 간. 크고 아름답고 육중한 간. 싱싱한 간.

    인간과 같은 거지.

    어쩌면 같았겠지.

    그래. 같았을지도 몰라.

    진화하면서 나눠진 거지.

L   인어가 진화하는 동안 인간은 뭘 했을까?

O   누가 알아.

L   누가 알지?

         어떻게 아무도 모를까.

         이렇게나 아무것도.

사이. 맥주를 마신다.

L   인어들이 출몰하는 종말인 건가.

사이. 맥주를 마신다.

L   무슨 말이라도 해 봐.

O   응?

맥주를 마신다.

L   그 말이라도 해 봐. 그 여자 어땠어?

맥주를 마신다.

L   말하면 더 말하고 싶어지겠지. 만나고 싶어지겠지. 만지고 싶어지
         겠지. 자고 싶어지겠지. 깊어지고. 그리워지고. 떨리고. 밉고. 고통
         스럽고. 두렵고. 아름답고. 그걸 다 혼자 하겠지. 어쩌나. 혼자만.

사이

L   나가?

O   응.

L   잠깐?

O   그래.

L   응.

         나도 나갈 거야. 난 물 보러 나갈 거야. 낚시를 해 보려구. 낚싯대

         를 사야지.

O   그래.

O, 한참을 멈춰 있다 나간다.

L, 맥주 캔을 딴다. 마신다.

한강대교 아래

칼과 도구를 든 낚시꾼들 잡은 물고기를 손질하고 있다.

그 옆에 L이 있다.

낚시꾼1   칼 밑등으로 눈과 눈 사이 여기를 쳐.

낚시꾼2   여기? 왜?

낚시꾼1   아직 살아 있잖아. 조심해.

낚시꾼2   앗 따가워.

낚시꾼1   지느러미를 움켜잡아야 돼. 아니면 쏴.

낚시꾼2   진작 말했어야지.

낚시꾼1   칼 밑등으로 여기를 쳐. 그럼 경련을 일으키지.

낚시꾼2   어떡해 어떡해.

낚시꾼1   그게 기절한 거야.

낚시꾼2   이걸 왜 하는 거야?

낚시꾼1   이제 피를 뺄 거야.

낚시꾼2   피?

낚시꾼1   피를 빼야 회를 먹지.

낚시꾼2   아, 회.

낚시꾼1   칼 어딨어? 칼 빨리 줘.

낚시꾼2   칼, 칼 어디 있지? 여기 여기.

L이 칼을 준다.

낚시꾼1   아가미를 들춰서 칼을 넣어. 스윽. 쑤시거나 후비지 말고. 살이 맛
          있게 숙성되려면, 생선이 스트레스를 안 받아야 되거든 그래서 뇌

사를 시키고 척수를 긁어내. 생선이 맛있게 숙성되도록 하는 물질
이 남아서 회가 좋아져.

낚시꾼2 와. 전문가네.

낚시꾼1 송곳, 송곳 어딨어?

L이 송곳을 찾아 쥐고 있으면 낚시꾼2, 그걸 가져간다.

낚시꾼1 이 송곳으로 눈과 눈 사이 여기를 사선 아래 방향으로 찔러 넣어.

낚시꾼2 이렇게? 이러엉게?

낚시꾼1 그렇게 길을 만들었지. 이제 이 긴 침을 척추뼈를 따라 살살 끝까
지 밀어넣어.

낚시꾼2 아흐.

낚시꾼1 그리고 넣었다 뺐다 하면서 척수를 긁어 주는 거야.

낚시꾼2 나는 있잖아. 물고기가 아니라 사람으로 태어나서 너무 다행이야.

낚시꾼1 물고기는 안 아파. 그러고 나서 머리와 몸통을 분리해. 내장을 자
르면, 내장을 자르면, 칼, 칼!

L이 찾아 쥔 칼을 준다.

낚시꾼1 몸통에서 제거가 어려우니까 내장만 빼고 이렇게 동그랗게 칼질
을 해 줘. 그러면 내장이 잘리지 않고 쏘옥 빠지지.

낚시꾼2 싱싱하네.

낚시꾼1 싱싱하지.
　　　　　빨리 닦아라 물기. 됐어.
　　　　　잘되고 있어?

낚시꾼2 잘되고 있지.

낚시꾼1　　　이런 것도 제거해 주고.

　　　　　　칼이 잘 안 드네.

낚시꾼2　　　칼을 잘 갈아.

낚시꾼1　　　뭘로 갈아.

낚시꾼2　　　칼이 잘 안 들어 가지고 살이 다 뜯기네.

낚시꾼1　　　칼을 다시 갈아.

L, 칼을 잡아 낚시꾼 1에게서 2에게로 넘겨준다.

낚시꾼2 칼을 간다.

낚시꾼2　　　이렇게 칼을 갈면 칼에서 피 냄새가 나.

낚시꾼1　　　대충 갈아.

낚시꾼2　　　잠깐만.

낚시꾼1　　　사체 경직이 시작된다.

낚시꾼2　　　잠깐만, 조금만 더 갈고. 칼을 갈면 경건해져. 쓱싹 쓱싹 쓱싹 쓱싹.

칼 가는 소리.

낚시꾼2　　　좋다. 됐다. 자, 여깄어 칼.

L, 낚시꾼의 칼을 잡는다.

L, 자기 어깨를 찌른다.

낚시꾼2 비명 소리.

진료실

의사와 L.

의사, L의 어깨에서 뽑은 칼을 떨어뜨린다.

L, 자꾸 그걸 주우려고 한다.

의사   칼이 신경을 건드렸어요.

　　　찢고 신경을 이어 붙이는 수술을 할 거예요.

　　　생선에 오염된 칼이라 2차 감염을 조심해야 해요.

　　　어쩌면 오른쪽 어깨를 못 쓸 수도 있어요.

L　　 아픈 건요? 선생님, 아픈 건 사라질까요?

　　　이게 과연 사라지는 걸까요?

의사　 뭐가 나을까요.

　　　나는 척수주사로 환자분을 마취시킬 거예요. 나는 당신의 어깨
　　　를 갈라 근육을 자르고 정맥과 동맥, 신경을 끊을 거예요. 그건
　　　무시무시하게 아픈 거지만, 환자분은 아무 아픔도 느끼지 않을
　　　거예요. 당신을 마취시킬 거니까요. 메스가 들어가고 나가고 핀
　　　셋과 석션, 차갑고 날카롭고 뾰족한 장비들이 당신 근육의 지방
　　　층을 벗겨내고 자르고 쑤시며 헤집을 거예요. 당신은 비명을 지르
　　　지 않아요. 칼이 들어갈 때에도 나올 때에도 통증은 없어요. 마취
　　　가 아니라면 그곳에 입김만 불어도 톱으로 썰어대는 것처럼 아프
　　　죠. 하지만, 다시 메스가 그곳을 썰어내고 바늘이 드나들어 끊어
　　　진 신경을 찾아 꼬매도 잘려 나간 것들을 이어 붙이고 어깨를 봉
　　　합할 때까지 당신은 아무렇지도 않을 거예요. 마치 죽은 것처럼
　　　요. 아무것도 못 느껴요. 당신을 마취했으니까요.

　　　그리고, 약을 처방받아서 복용하세요.

환자분은 평화로울 거예요.

지금처럼 흥분하지 않을 거고, 날뛰지 않을 거예요.

당신은 남들처럼 일상을 그냥 지나가는 시간으로 누릴 수 있어요.

다르게 살지 않아도 돼요.

당신은 돌아갈 수 있어요.

흘러넘치는 저 일상의 바다로요.

밤에는 잘 수 있고, 당신을 슬프게 하는 것들에 일일이 반응하지 않을 거예요. 당신은 호전될 거예요.

병원 카운터

카운터직원　이백팔십오만 원입니다.

L　카드로 계산할게요.

카운터직원　네. 카드 받았습니다.

카드를 준다.

카운터직원　카드 한도액이 초과되었다고 나옵니다.

L　네?

카운터직원　카드 한도액이 초과되었다네요.

L　그럼, 이걸로 계산할게요.

카운터직원　네. 카드 받았습니다.

이것도 카드 한도액이 초과되었다네요.

L　카드 단말기가 이상한 건 아니에요?

카운터직원　좀 전 분은 결제하셨어요.

L　그럴 리가 없는데. 지구가 과열되니까 자기장이 변화되면서 막 그런 거 있잖아요. 전기 파장이 바뀌어서 전산 오류. 그런 거 아니에요?

카운터직원　보험 없으세요?

L　다… 다 해지했어요.

카운터직원　많이들 그러시죠.

L　간단한 치료도 못 받나요?

카운터직원　죄송합니다.

L　쇼핑을 너무 많이 했네요. 그게 선생님 처방이었거든요. 도움이 될 거라고. 비공식적인 처방이죠. …큰일 났네. …그냥 간단한 수

술만 해 주세요. 저는 마취 안 해도 돼요.

카운터직원 네?

L 네.

카운터직원 제가요?

L 네.

카운터직원 저는 의료인이 아니에요.

L 알아요.

카운터직원 그럴 수는 없어요.

L 알아요.

카운터직원 안 돼요.

L 안 되죠.

카운터직원 어쩌죠?

L 뭐. 알겠어요.

L, 가방을 다시 찾아본다.

칼이 나온다.

L …저, …저

제가 선생님께 한 번 더 돈을 빌릴 수는 없겠지요?

사이. 자신이 칼을 쥐고 있는 걸 발견한다.

L 이건 그냥, 이게 여기 왜 있지.

…저, …저,

둘은 마주 본다.

지하철 승강장

ㄴ, 들어온다. 소년, 앉아 있다. 옆 벤치에는 노인이 길게 돌아누워 있다. 노인은 미동이 없다.

소년　　안녕.

ㄴ　　　안녕.

소년　　생식왕님.

ㄴ　　　첫사랑님.

소년　　집에 가요.

ㄴ　　　저도요.

소년　　이쪽 방향이군요.

ㄴ　　　네.

　　　　내 지갑 줘요.

소년　　없어요.

ㄴ　　　내 지갑 줘요.

소년　　미안해요.

지갑을 돌려준다. 사이.

소년　　어차피 날씨는 더워요.

　　　　어차피 모든 건 끝날 거예요.

　　　　어차피 이대로 이런 날들도 있는 거죠.

　　　　그냥 마음이 편해졌어요.

ㄴ　　　그 약을 먹었군요.

소년　　맞아요.

L   마음이 편해요?

소년   네.

L   나는 내가 아픈데 내가 아픈 걸 못 느낄까 봐 두려워요.
이건 왜죠?

소년   다쳤네요.

L   그래요.

소년   어쩌다.

L   어쩌다 보니.

소년   아파요?

L   아파요. 정말 많이 아파요. 다치고 나니 정신이 들어요. 이제야 뭔
가 말이 되는 것 같고.

소년   나는 오늘 사람들을 많이 봤어요. 사람들이 서 있었어요. 여기저
기. 걷거나 멈춰서.
한참 봤어요. 오래 봤어요. 알고 싶었어요. 우리에게 어떤 이야기
가 있었던 건지. 그래서, 어떤 이야기가 끝나 가는 건지. 알고 싶었
는데. 내가 아는 거라고는, 이상하다는 것. 이상하다는 것. 그것
만.
그런데 누가 날 때렸어요. 정통으로 얼굴을 내리쳤어요. 너무 아
팠어요.

한 대 맞고 알았어요. 두려움. 두려움이 끝나 가는 거구나. 우리는
너무 두려움이 많았구나. 두려움이 끝나 가느라 두려움밖에 없는
거구나.

L   지하철이 올까요?

소년   올 거예요.

L   기다린 지 오래됐어요?

소년   3시간 정도요.

L   지하철은 더 이상 안 오겠네요.

       그래도 불빛이 남아 있어서 다행이네요.

정전이 된다.

L   불이 꺼졌어요.

소년   그렇네요.

L   난 뭘 느껴야 할지 모르겠어요.

       두려워요.

소년   그렇군요.

L   네.

소년   두려운 게 맞겠지요.

L   네.

소년   점점 더워져요.

L   여기를 나가야겠어요.

소년   저는 여기 있을게요.

       저는 여기에 앉아서 땡볕이 지나가길 기다릴게요.

       무더운 여름날이면,

       땀에 잠겨서 다 괜찮아요.

       오늘도 그런 날이죠.

       저는 전철이 오기를 기다릴게요.

       그게 가장 나을 거예요.

전철이 오겠지요.

어디가 아파서 이 약을 먹었어요? 효과가 좋아요. 이 약을 먹고 알

았어요.

그게 우리가 선택한 진화예요. 다 느끼지 않는 것. 가능한 점점 덜

느끼는 것. 나는 자유롭고, 나는 나아진 느낌이에요. 우리는 나아

지고 있어요. 우리는 덜 느끼고 있어요.

생식왕님 첫사랑을 만났어요.

L   거짓말.

검은 터널 멀리서 불어오는 바람 소리.

소년   (손가락 사이를 가리키며) 여기, 여기 점이 있었어요. 물갈퀴 같았

죠. 그리고, 눈이요. 물에 속한 눈. 깜박이지 않던데요.

당신에게 가고 있대요.

약속이 있었다면서요.

검은 터널 멀리서 불어오는 바람 소리.

L   첫사랑이 또 뭐라고 했어요?

소년   당신이 특별하다고 했어요. 그래서, 당신을 잊어버리기가 어렵다

구요.

L   특별해요? 뭐가 특별해요?

소년   그냥. 다.

다 특별하죠.

그런데 잊어버리려고 노력했대요. 당신에 관련된 건 모두. 너무 괴

로워서.

L   다시 만나면 못 알아볼지도 모르겠어요.

         그건 짧고도 그건 긴 시간이라.

         그건 그때 다 불타서 사라진 건데.

소년   첫사랑에 관해서라면 우리는 언제나 기회를 놓쳐 버린 거죠. 기회
         를 가지지 못했거나. 날려 버렸거나. 놓쳐 버린 거죠.

검은 터널 멀리서 불어오는 바람 소리.

L   다 지난 일이에요.

소년   아니 다가올 일이에요.

L   지난 일이 다가오나요.

소년   그래요.

L   앞으로는.

검은 터널 멀리서 불어오는 바람 소리.

L   웃는 눈이 좋아요.

소년   당신도요.

L   꼭 도와 달라고 하는 것 같아요.

소년   난 춤을 잘 춰요.

         특히 어두운 데서요.

         흐느적거려요.

         물고기처럼.

         나는 사실, 인간이랑 안 어울려요.

L   나도 그래요.

소년   세상은 눈부시게 아름다워지고

         인간은 점점 사라져 가요.

검은 터널 멀리서 불어오는 바람 소리.

L, 가방에서 칼을 꺼낸다.

L, 칼로 소년을 찌른다. 여러 번 찌른다.

L   나도 그래요. 나도 그래요. 나도 그래요.

검은 터널 멀리서 불어오는 바람 소리.

L의 집

L, 집에 들어온다.

L   눈을 감을 것이다

눈을 떴다. 눈을 감았다. 눈을 떴다. 칠흑 같은 어둠.

내 손과 발이 어둠을 짚어 문고리를 잡는다.

열쇠 구멍에 열쇠를 넣는다.

문고리를 돌린다.

센서등이 켜질 것이다.

센서등이 켜졌다.

신발을 벗는다.

센서등이 꺼질 것이다.

센서등이 꺼졌다.

어둡다.

손을 휘젓는다.

센서등이 켜질 것이다.

센서등이 켜졌다.

어둠이 물러난다.

신발을 벗는다.

양말을 벗는다.

집 안으로 들어선다.

센서등이 꺼질 것이다.

센서등이 꺼졌다.

어둠이 다가온다.

어둠 가운데에. 어둠 한가운데에.

누구세요?

누구세요?

누구냐구요?

누구세요? 말해. 대답해요. 누구세요?

걷는다.

아무도 아니야.

그림자야.

여보?

당신인 줄 알았어.

다녀갔구나.

청소가 돼 있네.

아주 깨끗해. 락스 냄새.

불을 켤 것이다.

불을 켰다.

집은 그대로다.

아무도 오지 않았다.

옷을 벗을 것이다.

옷을 벗는다.

차갑다.

팔을 뻗을 것이다.

팔을 뻗는다.

물을 마실 것이다.

물을 마신다.

소파로 갈 것이다.

소파로 간다.

앉을 것이다.

앉는다.

앉는다.

앉아서.

사이.

L   여보세요?

여보.

사이.

L   그는 걷는다고 했다.

그는 하염없이 걷는다고 했다.

큰 도시를 보도를 차도 옆을 신호등 아래를 간판 아래를 지나 낮

동안 걷는다고 했다. 발을 질질 끌면서. 때론 걷다가 졸기도 한다

고 했다.

꿈도 꾼다고 했다.

꿈에서 깨도 걷고 있다고 했다.

부딪히지 않는다고 했다. 쓰러지지도 않는다고 했다.

멈출 곳이 없다고 했다.

해가 지평선에서 올라 떠올랐다 떨어질 때까지는 멈출 곳이 없어

서 걷는다고 했다.

발목이 아프고 무릎이 아파 온다고 했다. 그러다가 해가 지기 시

작하면 식당엘 들어간다고 했다. 국밥 한 그릇과 소주 한 병을 놓고 식당 안 높이 떠서 왕왕거리는 TV를 보며 먹고 마신다고 했다. 아무리 천천히 먹어도 허겁지겁 먹는다고 했다. 아무리 오래 앉아 있으려고 해도 다시 일어서 나온다고 했다.

그는 걷는다고 했다. 다시 하염없이 걷는다고 했다. 그림자가 자라서 해를 덮고 도시가 어두워지고 나면 다시 걷는다고 했다. 잠들 곳이 없어서 걷는다고 했다.

사이.

L   무엇이어도 괜찮다.

사실, 무엇이어도 괜찮다.

이런 말을 하다니.

술에 젖은 밤, 시간이 만져지기도 한다. 잘만 하면.

L의 집

L, 집에 있다.

L   여보.

봤어?

시계가 똑바로 가네.
고장 난 것처럼.
이런 마당에.

나, 강 보면서 맥주 딴다.

오늘은 비가 오려나 봐.
강이 도토리묵 같애.
시원한 맥주가 먹고 싶은데.
전기가 안 들어와.
이제 시원한 맥주는 못 마시는 건가.

끝나 가네.
끝나 가.
뭐가 끝나는 걸까.
이건 뭐 나만 끝나는 것도 아닌데,
나만 끝나면 끝나는 거잖아. 뭐가 그래.

맥주를 마신다.

L   첫사랑이 오고 있대.

         끝나기 전에 와야 할 텐데.

         못 만나고 끝날지도 모르겠네.

         어땠는지,

         어떤지,

         생각하고 싶은데.

         그냥 맥주만 먹게 돼.

         강만 보게 돼.

         시계가 똑바로 가고 있네.

         고장 난 것처럼.

         강은 흐르잖아. 저기서 저기로 흐르는 거야, 아니면 저기서 저기

         로 흐르는 거야?

맥주를 마신다.

L   아픈 건 어떠냐고?

         좋아지고 있어.

         어떤 거냐 하면. 약을 먹었어. 다른 약을 처방받았어.

         지금 기분은 그냥 그래.

         한강을 보고 있어.

         그게 아니면, 구멍을 보고 있어.

구멍 근처가 시원해.

처음엔 거기로 맥주 캔을 버렸어.
그 다음엔 빈 상자들. 알잖아. 많잖아.
분리된 것들. 비닐들. 종이들. 병들. 못 버리고 있던 것들도 버렸어.
먼저 당신 속옷들. 그걸 보면 나는 상상하지. 그걸 벗었을 때, 그
게 벗겨졌을 때, 그걸 입었을 때.
그런 상상들이 거기로 들어갔어. 쓰레기야. 알아.
옷과 물건들. 책들. 너무 많아. 그래도 구멍은 깊어. 나는 그걸 내
려다보고 있어.

땅이 계속 가라앉는 걸까.
물건들이 사라지는 걸까.
시간이 이상하게 흘러가.

반지가 있더라. 반지가 어디 있더라. 반지를 찾았어. 이건 오래된
거야. 기억처럼. 그래서, 정확하지 않아. 하지만, 있더라. 거기 있었
어. 이거였던 거 같아. 첫사랑이 나에게 줬어. 그리고, 자기도 비슷
한 걸 가졌어. 그리고, 약속을 했어. 그게 뭐였더라. 기억이 안 나.
기억이…

사이.

L   새소리가 들려.
         햇빛이 집을 구석구석 비춰.

새 슬리퍼를 신어야지.

새 커튼을 달아야지.

빛나는 강을 보며 미지근한 맥주를 마셨어. 비릿해. 몸이 맞닿았던 기억이 나. 강물 비린내와 함께 입 안 가득 퍼지던 향긋하고 비릿하고, 조금은 역했지. 바다와 흙처럼 아주 거대한 것들 향기가 한참 입 안에 남았어.

맥주를 마신다.

L   밥 먹자.

뭐 먹을까?

아, 참. 당신이 없지.

종종 생각하고는 했어. 당신이 없는 거.

이건 그냥 습관이야. 습관. 그리움 말고.

그치?

참 하던 대로만 하게 돼.

그게 뭐라고.

이런 날이 올 줄 알았던 거 같아.

아니. 아닌 것 같아. 그렇지 않았어. 이런 날이 올 줄 몰랐어.

잘 모르겠지만.

하루 종일 해를 따라 돌아다녀. 할 말이 많은 것 같은데 한마디도 못 찾겠어. 햇빛을 받으면서는 해를 생각하고, 바람을 맞으면서는 바람을 생각해. 비가 올 때는 비에 대해 생각해. 그런데, 무슨 생각했는지 하나도 모르겠어.

맥주를 마신다.

맥주를 마신다.

L	이걸 어디에 버리지?
	버릴 데가 없네.
	가득 찼어.

	구멍을 내려다보고 있어.

	새로 안 샀어. 다 있던 거야. 다 있던 거.

맥주를 마신다.

L	점점 더 더워져. 우리는 진화하는 거야. 물건 갑각류로.
	멋지다. 그래서 지금 열처리 되고 있는거야.
	날이 따뜻해지니까 찜질 받는 거 같아.
	술기운인가.
	나는 이제 괜찮아.

맥주를 마신다.

L	희망을 말해 볼까? 끝도 없이.

맥주를 마신다.

L   희망, 알지? 그래, 희망.

무언가가 오고 있어. 이대로는 아닐 거야.

그건 좋은 일일 거야. 희망이지.

그리고, 내일. 알아? 내일. 알지? 내일. 알아, 그럼, 아암, 알지. 내일.

창밖을 본다.

L   강 위에… 떠 있는 거야? 뭐지? 배야? 물고기? 아닌데.

모두 마시고 맥주 캔을 딴다.

한강대교 아래

눈부시게 푸른 하늘이 펼쳐져 있다. 잔잔하게 빛나는 한강. 비현실적으로 아름다운 풍광이다.

태양 아래 L.

한 남자 다가온다.

V   오랜만이야.

L   오랜만이야.

V   잘 지냈어?

L   잘 지냈지.

           당신은?

V   나도 잘 지냈지.

L   다행이다.

V   다행이야.

           날씨가 좋네.

L   여기는 항상 날씨가 좋아.

V   그래. 아름다운 곳이지.

L   여기 자주 왔어?

V   아니.

L   나도 그랬어.

           난 도망가고 싶어.

           내가 이상해?

V   내가 이상해.

L   그래. 나도 그래.

        나를 어떻게 할 거야?

V   응?

L   날 어떻게 할 거야?

V   뭘 어떻게 해?

L   어떻게 안 해?

V   같이 떠날까?

L   어디로?

V   외국으로?

L   외국?

V   외국말 쓰고, 외국돈 쓰고.

L   좋네. 좋네. 좋아. 좋은 의사도 있을 거고. 외국이니까.

        기억은 이상해.

        당신을 알겠는데.

        나를 모르겠어.

        당신은 기억이 나는데,

        그때 나는 기억이 안나.

        기억은 이상해. 기억이란 게.

V   내가 어쩌다 인어가 됐을까. 당신은 어때? 지금처럼 되려고 한 거
        야?

L   나는 어쩌다 보니 이렇게 됐네. 근데, 뭐가 됐어도 다 마찬가지야.
        나는 가만있었어.

한강대교에서 풍덩풍덩 육중한 누군가들이 더러 떨어진다.

V　　　내가 왔어. 이런 모습이지만 이렇게 왔어.

이제 끝이야. 끝났어. 자, 가자. 오래 걸렸지. 그리웠어. 그 목소리
가. 나중엔 생각이 안 났어. 그래도 이렇게 왔어.

우리는 약속했지.

끝은 이런 거야. 이렇게 끝나는 걸 거야. 끝은 도래하는 시간이고.
나와 함께 가자. 더 부드럽게 말할게. 더 힘있게 말할게. 나와 함께
가자. 나 떨려. 나 떨면서 말하고 있어. 지금 나는 진동이야. 알지?
떨리는 거. 이렇게 계속 떨면서 계속되는 거. 계속되는 말. 말이 떨
면서 길어지고, 그 길어진 말이 이야기가 되지. 나는 그렇게 떨리
는 말들로 너에게 온 거야. 나는 그 말이야. 나와 함께 가자.

시간이 우리를 이렇게 다르게 만든 걸 봐봐. 당신에게 오기 위해
나는 성공해야 했잖아. 그래서, 떳떳한 인어가 되었어.

들어 봐. 아주 미미하게 조금씩 아주 약간씩 더 약간씩 요만큼씩
개미보다 코딱지보다 작게 바뀌고 있어. 그 변화가 진화야. 그 변
화가 시간이야. 오게 될 시간. 오지 않는 시간. 결국 왔지만 지나
가고, 여전히 오지 않은 그 시간.

자, 지금이 그 시간이야. 미래, 시간은 뒤로 가지 않아. 강은 거꾸
로 흐르지 않아. 우리가 두고 온 시간이, 이루어지지 않은 것들이
만든 시간이야. 그리고, 우리는

암전 그리고, 끝. the End of the LOVe

2022년 作

내가 장롱을 베듯은 열었을 때,

Keep It, it, it… In the Closet

작가 노트

— *이탤릭체로 표기된 내레이션*은 2011년 초연에서는 코러스들이 나누어 말했
　고, 2016년 공연에서는 각 인물들이 말했다. 여기에는 2016년 공연을 기준
　으로 표기했다.

— 안티노리 박사와 기자의 장면은 총 세 번 등장하는데, 일종의 막간극이다.

— 〈내가 장롱롱메롱문 열었을 때,〉는 2009년 창작 워크숍에서부터 개발되었
　다. 이때 함께했던 배우 최지훈, 김영은, 박성연, 이소희, 김석기, 조연출 하치
　성과 함께 즉흥을 통해 작품의 중요한 부분을 발견했다.

* 이 작품은, 프랑스의 대기업 오랑쥐 텔레콤에서 직원 수십명이 자살했던 사
　건과 아들이 죽은 아버지를 장롱 속에 유기했던 두 개의 사건을 소재로 했다.
　2011년 초연 당시 이 이야기는 어느 장롱 구석처럼 어둡고 기괴했다. 하지만,
　2016년 같은 희곡으로 재연이 될 때, 이 이야기는 마치 르포처럼 선명하고 차
　가워진다. 하나의 작품이 극장 밖 시대에 따라 판타지 고어물에서 다큐멘터
　리, 르포가 된다.

나오는 이들

안티노리, 기자, 남자24, 아내, 패륜아, 남자25, 포르노, 여자43,
미친사람, 복제남자24, 회장, 박상무, 이이사, 노숙자들, 공익들

안티노리 박사와 기자

집에서

지하철에서

회의실에서

장례식장에서

스물다섯 번째 남자의 집에서

회사 게이트에서

서울역에서

아버지와 어머니와 나

안티노리 박사와 기자

르노의 륜아 방문

복제남자24, 회사에 가다

복제남자24, 서울역에 가다

륜아와 르노

안티노리 박사와 기자

프롤로그

기자	박사님. 식사하셨습니까?
안티노리	…그럼요.
기자	식사는 뭘 드셨나요?
안티노리	구운 감자와 커피 먹었습니다.
기자	늘 그렇게 드시나요?
안티노리	가볍게 먹는 편이죠.
기자	옥수수도 드시나요?
안티노리	예.
기자	유전자 조작 옥수수도 드시나요?
안티노리	안 먹을 수 없죠.
기자	괜찮을까요?
안티노리	진화의 기본 원리를 이해하면 좀 다른 관점으로 보이게 됩니다. 환경에 적응하려다 보니까 실수로 생긴 게 진화죠. 그게 돌연변이에 근거한 진화의 법칙입니다. 다만 자연의 진화와 인간이 조작하는 진화의 차이예요. 그 차이를 줄이려고 연구도 하고 실패도 하고 그런 거죠.
기자	추위에 강한 딸기를 만들기 위해서 추위에 강한 넙치의 유전자를 이식하는 것이 돌연변이 정도일까요?
안티노리	그 폐해가 입증된 바 없는 걸로 알고 있어요.
기자	안티노리 박사님. 선생님은 지난 2002년 복제 인간 3명을 출산시켰다고 주장하고 계십니다. 사실입니까?
안티노리	사내 2명하고 기집애 1명이에요. 여름에 태어나서 그런지 무지 건

강하고 정신없어요. 아, 제일 처음 기집애가 나오길래 이름을 이 브라고 붙였어요.

기자 복제 아이들은 어디서 살고 있습니까?

안티노리 이 입을 여는 순간 한 가정이 망가져요. 당신이라면 괜찮겠어요?

기자 인간 복제에 대해 많은 윤리적인 문제들이 제기되고 있습니다…

안티노리 사회적인 차원에서 반드시 많은 논의가 필요합니다.

기자 이를 위해 안티노리 교수님께서 하실 일은 없으실까요?

안티노리 나는 산부인과 의사이고 시험관 전문가입니다. 조금만 더 연구하면 복제를 할 수 있는 가능성으로 가득한 환경입니다. 그걸 안 하는 게 더 어려워요.

기자 누군가의 생명을 관장할 수 있는 것은 신에게만 허용된 게 아닐까요?

안티노리 사형을 보세요. 범죄자는 죽어 마땅하죠. 이때, 이 죽음을 관장하는 게 신인가요? 인간 아닌가요? 오히려, 복제는 신이 주신 생명의 영역 안에서만 이루어집니다. 인간은 모순적입니다. 인간이 무슨 자격으로 사형을 집행하죠? 그 모든 모순을 내가 끌어안을 수는 없죠.

기자 혹시 선생님이 라엘리안들과 함께 회자되는 걸 알고 계시나요?

안티노리 라엘리안이요?

기자 외계인이 인간을 창조했다고 믿는 종교 집단입니다. 인간 복제를 한다고 주장하죠.

안티노리 내가 사기꾼으로 보여요?

기자 그 사람들도 딱히 사기꾼으로 보이진 않아요.

안티노리 난 과학자예요.

기자 과학은 증명을 전제로 합니다.

안티노리 논리로는 이길 수 없어요. 논리는 어떻게든 오류를 드러내죠. 이건 논리 이전, 논리 훨씬 너머의 문제예요. 인간은… 인간은… 지나가요. 누구도 지구에 남지 않죠. 모두 사라지죠.

기자 그 알쏭달쏭한 논리 때문에 선생님은 사기꾼 소릴 듣는 겁니다. 박사님. 박사님.

안티노리 박사, 나간다.

1. 스물네 번째 사람

(남자24)

내가 장롱문을 열었을 때,

세상의 그림자 부분의 이야기가 있습니다.

그곳은 부연 어둠.

며칠째 들어설 수 없었던 그 사람의 잠처럼.

도둑맞은 잠처럼.

달콤한 방전, 희망처럼.

내가 장롱문을 열었을 때,

거기엔 그 사람의 어둠이 있습니다.

남자24의 집에서

(남자24) 누워 있다. 알람이 울린다. 울린다. 이건 잠인가. 여긴 어디지. 오늘이 언제지. 여긴 집이고 오늘은 어제 다음. 나는 여전히 나. 잠도 나를 이곳에서 뜯어내지 못한다. 숨을 참아 본다. 눈물이다. 숙취다. 불면이다. 죽음 같은 잠 대신 죽음 같은 걸 상상했던가. 죽음 같은 거기서 그 사람을 일으켰다. 습관이. 알람이. 양치질이. 아침이.

쥐 소리.

남자24   (숨을 터뜨리며 혼잣말) 스물셋.

아내목소리   여보, 늦어. 안 가?

남자24   가.

아내목소리   밥 안 먹고 가게?

남자24   …응.

아내목소리   다 차려 놨는데.

남자24   배 안 고파.

아내목소리   난 배고파서 밥하냐. 깼지?

남자24   깼지.

아내목소리   여보.

남자24   5분만 더.

아내목소리   난 몰라. (사이) 여보 4분.

남자24   응.

아내목소리   10분 안에 안 나가면 늦어. 당신 안 나가면 나야 좋지.

남자24   갔다 올게.

아내목소리   꼭 와야 돼.

남자24   갔다 올게.

쥐 소리.

남자24　　　(더 큰 소리로) 아빠 갔다 올게.
륜아　　　　아이씨.

남자24의 출근길.

(남자24) 내가 지하철 문을 열었을 때, 잠깐 하늘 냄새를 맡았다. 그가 맡았다… 까마 득한 아래와 끝 간 데 없는 위. 아무리 손을 뻗어도 닿지 않는 저어기. 그는 다짐한다. 절대 아래를 보고 떨어지지 않겠다고. 이번엔 반드시 위를 보고 날아오르겠다고. 나는 다짐한다.

지하철 소리.
지하철이다. 쏟아져 들어오는 사람들.

미친사람 들어온다. 사람들, 피한다. 남자24, 미친사람이 다가오자 살짝 비켜선다. 미친 사람, 바닥에 앉으며 남자24에게 기댄다. 둘의 몸이 닿는다.
남자24, 순간 '어떤' 느낌을 받는다. 그는 넋을 잃고 미친사람을 쳐다본다.

미친사람, 일어나 문가에 가 선다. 남자24, 미친사람을 쳐다본다.
문이 열린다. 미친사람 내린다.
남자24 망설이다 따라 내리려고 한다. 급하게 나가려던 사람이 남자24의 앞을 막아서고 남자24는 내리지 못한다.
이때, 핸드폰 벨 소리. 남자24, 전화 받는다.

남자24   여보세요.

"오전 12시 03분에 녹음된 메시지입니다."

"나 이만 장롱 너머로 퇴장할랍니다. …그동안 고마웠습니다. …씨발."

"뚜뚜뚜…"

(남자24) 미스타 김이 자살했다. 미스타 김을 마지막으로 본 게 언제지. 엊그제 복도에서다.

자판기 커피 마시면서, "언제 생태탕으로 해장하죠" 그랬잖아. "탕이랑 커피랑 한꺼번에 먹으면 맛없"을 거라 그랬잖아. 마지막 말이 …뭐 그래?

회의실에서

남자24 쭈뼛거리며 들어온다. 회장님과 기업 간부 이이사, 박상무, 여자43이 있다. 그리고, 장면 내내 존재감 없이 남자25가 한쪽에 있다.

남자24　　늦어서 죄송합니다.

박상무　　거, 사람이 좀.

회장　　아니. 거 갑자기 소집하니까 그렇지. 잘 지내고 있어?

남자24　　네, 회장님.

회장　　그럼, 시작해 보라고. 난 없는 셈 치고 얘기들 나눠 봐.

남자24　　무슨…

이이사　　(서류를 넘기며) 부서 옮긴 지 3개월쯤 됐는데, 요즘 일하기는 어때요?

남자24　　아, 네. 일을 한다는 것 자체가 살아간다는 것이라 성취감도 있고요.

이이사　　아프거나 힘든 거는요?

남자24　　좀 아프긴 한데.

이이사　　어디가 아파요?

남자24　　역류성 식도염이 좀 됐습니다.

이이사　　치료는 받고 있어요?

남자24　　약은 받아 놨는데 잘 안 먹어져요.

이이사　　나도 일하면서 몸 챙기기가 녹록지 않아요.

박상무　　그러게. 이이사 그 찐 감자 어떻게 됐어요?

회장　　찐 감자?

박상무　　침 삼킬 때마다 찐 감자 같은 게 목에 걸린다고, 내시경이다 시티다 돌리느라 맨날 조퇴하고.

이이사	그게 스트레스 때문에 느꼈던 이물감이래요.
박상무	혹이나 종양 아니고?
이이사	정신과 상담 받고 나니까, 이젠 뭐 찐 감자 씹어 삼키고 싸고 방귀까지 뺀 것처럼 말끔하죠.

회장님, 웃으신다.

박상무	(남자24에게) 우울증 겪어 봤어요?
남자24	네? 제가요?
박상무	몇 달 전 결근 사유로 우울증 처방전이… 극심한 스트레스 및 우울증 초기 증상으로 전문의와 상담 요함.
남자24	그건 뭐 경미한 정도로, 누구나 그 정도는 뭐.
이이사	(여자43에게) 어때요? 우울증 겪어 봤죠?
여자43	네. 이런 자리에 새까만 신입을 부르신 것도 제 병력 때문으로 압니다.

사이.

회장	나이브하게 해. 나이브하게.
박상무	오늘 설치부 김과장 자살까지 합하면 지난 20개월 동안 23명이 우리 회사에서 자살했어요. 대체 뭐가 문제일까요?
남자24	…그러게요. 뭐, 저. 아이고 뭐, 저. 자기 마음을 잘 다스려야 하는데, 글쎄요. 꼭 회사만의 문제는 아닐 수도 있고, 각자 일이니까 모를 것 같기도 하고 알 법도 한 거고…
이이사	그 알 법한 일이 뭐죠? 이야기해 주면 참고가 될 텐데요. 잘 알겠지만 조직이라는 곳이 효율을 위해 돌아가기 때문에, 막상 일선에

서 보는 시각이 둔해져요.

남자24 참 재미난 얘기인데요. 그 뭐 저는 별로 특별하게 걱정 안 하셔도 될 것 같구요. 워낙에 성격이 긍정적이다 보니. 왜 하필 저를 불러서 이야기를 하자고 하셨는지는 모르지만 저는 특별히 힘들다거나 회사에서 자리를 못 잡는다거나 그렇지 않습니다.

이이사 편하게 이야기해도 돼요. 알잖습니까. 회장님 바로 밑에 있는 우리 같은 사람들 공부만 많이 했지 뭘 잘 모르잖아요.

박상무 툭 까볼까. 가장들 입장 다 뻔하잖아요. 애는 마누라 거, 집은 신한은행 거, 차는 현대캐피탈 거, 내 거는 아무것도 없지 뭐. 나 이 자켓 할부 아직 안 끝났으니까 이건 LG카드 거잖아. 내 거 없잖아요. 다 빌리고 있는데 어떻게 회사를 그만두겠어요.

이이사 그러니까 있지도 않은 찐 감자 물고, 삼키지도 못하고 뱉지도 못하고.

웃음. 모두들 남자24의 말을 기다린다.

남자24 그러게요. 왜들 그럴까요.

이이사 주위에서는 뭐라고들 해요?

남자24 안 좋죠. 신경 쓰이고. 빨리 마무리가 돼서 정상적인 환경이 돼야 하는데.

박상무 대체 왜들 그런 거지요?

남자24 그러게요. 미스타 김, 아니 김과장이 제게 남긴 마지막 말도 편안하게 들렸거든요.

이이사 마지막 말을 남겼어요?

남자24 네.

이이사 아이고, 저런.

박상무　뭐라고 그래요?

남자24　그냥 뭐. 잘 있으라고.

이이사　아이고.

박상무　뭐라고 그랬냐니까?

남자24　그냥 뭐. 고마웠다고. 잘 있으라고.

사이.

여자43　그분들이 가시기 전에 이런 자리가 있었으면 더 좋지 않았을까 합니다.

이이사　이 상황에서 회사에서 뭘 해야 할까요?

남자24　희망이겠죠. 희망. 희망을 자꾸 놓치게 되는 것 같은데, 여기서 계속 일하면서 산다는 게 참 좋다, 싶게.

여자43　전 저랑 똑같은 사람이 많아져서 힘들어요. 다들 나같이 열심히 살고 있지만 그 사람들을 보면서 더 힘듭니다. 여기가 상한선인 것 같아서. 어느 날 문득 회사에서 일어났다. 수많은 사람들이 있다. 나랑 다 같다. 나 하나 사라진다고 달라질 게 없다.

남자24　그게 좋은 거 아닌가? 회사가 잘되는 거고.

이이사　회사가 잘되는 거랑 내가 잘되는 거랑 같지 않지.

박상무　혼란스러운데요. 자살하는 이유는 결국 본인이 결심하는 건데요.

여자43　자살하는 건 자동사죠. 자살을 하고 싶어서 하는 건데.

회장　그래서?

여자43　혼란스러운 문제긴 한데요. 자살이란 어차피 본인 의지로 하는 건데요. 불현듯 그런 생각이 듭니다. 자살은, 캐릭터가 죽어서 게임 오버되는 게 아니라, 게이머가 게임을 중간에 강제 종료해 버리는 것과 같은 게 아닌가, 하는. 그런 마음을 어떻게 정확하게 설

명할지는 모르지만… 어쩌면… 얼마 전에 젊은 모델이 자살한 일
이 있었는데요, 왠지 젊고 촉망받는 예술가가 자살하니까 그다지
어색하지 않았습니다. 제법 어울린다 싶었습니다. 수동적인 사람
보다 창조적인 사람들한테 자살이 더 어울리죠.

박상무　사람이 우울한 정도와 창조력의 지수가 비례한다는 보고가 있
죠.

이이사　언론플레이를 우리 회사의 창조적인 성향하고 관련짓는 거 어떨
까요?

박상무　우리 회사가 창조적인 무엇이 있기 때문에 자살자가 많다?

여자43　비난을 받을 수도 있지만 이슈도 크게 될 것 같습니다.

남자24　저…

사이.

남자24　자살 열풍이 일어나면 어쩌지요?

회장　해 봤어? 해 보지 않았으면 말을 하지 마.
그리고, 간부들한테 직원들 자살 증후를 알아챌 수 있게 교육을
시키라고. 새로 짓는 사옥은 창문을 봉쇄하고, 옥상에 접근 불가
능하게 해. 뭐라뭐라 말들 많으면 현대적인 거, 그 뭐냐, 그,

여자43　환경친화적인 거,

회장　환경친화적인 거 짓는다고 해. 지금 세계적으로 글로벌 기업 3분
기 실적이 죄다 악화되고 있잖아. 이거 어쩔 거야. 매출이 작년 대
비 8%가 줄었어. 이러면 전 국민 자살률이 늘어요, 이 양반들아.
세계 시장에서 살아남으려면 죽은 사람도 일으켜야 할 판이야.

장례식장에서

미스타 김의 장례식장. 남자24, 자꾸 영정에 절한다.

남자25 고만해요, 고만해. 몇 번을 해? (술 마신다)

남자24 너는 술 먹고 그렇게 소리 좀 내지 마라. 창피해서 술 같이 못 마시겠다.

남자25 창피하기는. 나 갈까?

남자24 혼자 있으면 더 창피하지.

남자25 그만 봐.

남자24 미스타 김 자살 뭘로 했다고?

남자25 장롱에서 목을 맸대.

남자24 장롱 튼튼한가 보네.

남자25 뚱뚱한 사람은 목도 못 매.

남자24 땅바닥에 발 닿고도 죽는다더라. 식탁 밑에서도 자살이 된대.

남자25 독하네.

남자24 거꾸로 묶어서 이렇게 달려서는 윗몸 일으키기를 하는 거지.

남자25 푸시업이지.

남자24 손을 안 짚어야 해.

사이.

남자24 간 놈은 편할까.

남자25 산 사람만 불쌍하지.

남자24 그걸 모르고 죽지는 않았을 거 아니야.

남자25 그런 생각도 드네. 살아 있는 게 더 피해 준다 싶었나.

남자24　　애가 어리던데. 그럼 죽을 수가 없어. 그래도 그 사람이 죽었으면 그건 너무 아팠던 거야.

사이.

남자24　　너 교회 다니냐?

남자25　　우리 하나님 아부지.

남자24　　교회에서는 자살하지 말라는 소리 없냐?

남자25　　자살하면 지옥 가.

남자24　　여기가 지옥이야.

남자25　　죽었는데 지옥이라고 여기 또 오면 어떡해?

남자24　　어우.

남자25　　처음부터 다시 하는 거야. 똑같이.

남자24　　똑같이 해야지. 그래야 지옥이지.

남자25　　모르고 하는 게 지옥이냐 알고 하는 게 지옥이냐.

남자24　　모르고 하는 거.

남자25　　알고 하는 거.

남자24　　하긴 어떻게 될지 아니까 더 괴로운 거야.

남자25　　그게 다가오는데 그게 뭔지 알아. 괴로워. 그래도 다가와. 무서울 거야.

신입사원 여자43 다가온다.

여자43　　무슨 얘기들 그렇게 재밌게 하세요?

남자25　　힘들죠, 일하는 거.

여자43　　아직까지는 재밌어요.

남자25　　뭐가 재밌어요?

여자43　　대학에서 다 배운 일이니까요. 평소에 친하셨죠.

남자25　　친하기는 뭘. …좀 알고 지내고 그랬나?

여자43　　인사나 드리는 정도였죠. 이제야 친해질 기회가 왔는데.

남자25　　응?

여자43　　하시던 일 제가 하게 됐거든요. 왜 선배님들 일 인수인계 받다 보
면 친해지기도 하고 그럴 건데… 처리 안 된 게 많더라구요. 오늘
도 마감 막느라고… 뭘 여쭤볼 수도 없고… 아니, 돌아가신 분한
테 일 얘기를 꼭 하고 싶다는 게 아니라…

사이

남자25　　우리 회사가 터가 안 좋대. 왜 이래?

여자43　　무서워요.

남자25　　찝찝해?

여자43　　마음이 불편해요. 들어온 지 얼마 안 되고 적응도 안 되고.

남자24　　오래 일해도 적응 안 돼.

남자25　　그거 잘 만들었데요. 그 CF. 그거 직접 생각한 거야?

남자24　　뭐가?

여자43　　보셨어요?

남자25　　형님, 이 친구가 이번에 CF를 만들었는데요, 죽여요. 여자가 길거
리에서 울고 있어. 그걸 보고 있던 어떤 아저씨가 거꾸로 걷기 시
작해요. 그러면서 손짓을 하니까 길거리에 있던 사람들이 다 뒤로
가는 거야. 차들도 거꾸로 가고. 그러니까 버스 한 대도 거꾸로 와
요. 거기서 남자가 내려요. 헤어졌던 여자랑 남자가 다시 만난 거
죠. 그러면서 글씨가 뜨죠. "시간을 되돌려 드립니다."

남자24 그게 뭘 광고하는 건데?

여자43 저희 회사가 인터넷으로 TV 다시보기 서비스 하잖아요.

남자25 거 혹시 꿍쳐 놓은 아이디어 더 없나.

여자43 한번 들어봐 주실래요?

남자25 내가 그거 갖다 팔면 어쩌게?

여자43 아이디어가 좀 많은 편이라서요.

남자25 아.

여자43 기차가 다니는 작은 동네가 있어요. 맑은 오후예요, 어린 여자아이가 폴짝폴짝 뛰어와요. 달려오는 기차에 폴짝 뛰어들어요. 자살이죠. 일곱 살인데. 알고 보니 아이 엄마가 암으로 오랫동안 아팠어요. 아이는 죽어서 천사가 되려고 했던 거예요. 수호천사로 엄마를 지켜 주려고요.
(사이.) 그래도 좀 세죠? 요즘 우울 마케팅이 대세라 되게 나가 봤어요. 일본에서 실제로 있었던 일이래요.

사이

남자25 형님, 내가 목을 매면 우리 마누라 수호천사까지 돼야 하나? 마누라는 나 없어도 무지 잘 살지 않을까?

남자24 죽을라면 관장 이런 거 다 해. 목매면 다 쏟는대.

남자25 관장 그거 진짜 아퍼. 아파서 자살하겠나.

남자24 변비에 가장 좋은 건 목매다는 거지.

남자25 미스타 김도 변비가 있었을까? 나는 변비가 없으니까 다른 걸로 찾아봐야겠다. 나는 그렇게 뛰어내리고 싶드라.

남자24 날고 싶냐?

남자25 나는 것도 좋고.

남자24	몇 층에서 뛰어야 죽지? 어설프게 뛰었다 다치기만 하면 쪽팔린다. 너는 남들 보는 데서 죽을 거야, 안 보는 데서 죽을 거야?
남자25	나는 남들 시선 받는 걸 좋아하니까. 63빌딩 쯤에서 뛰어내릴까. 겨울에는 바람 때문에 얼굴 다 트겠네. 수분크림 발라야지.
남자24	층층마다 떨어지면서 눈을 마주치는 거지.
남자25	아는 사람도 있을 거고. 마지막으로 보고 싶은 사람이랑도 눈 마주치고.
남자24	너 절대 나 일하는 데서 뛰지 마라. 저거 부러워서 어떡해.

당황해하던 여자43 자리를 뜬다. 자리는 어느 덧 포장마차로 바뀌어 있다. 만취했다.

남자25	청산가리가 몇 초 만에 죽는대요. 그게 제일 편하대요. 아줌마 우리 안주 줘요.
아줌마	예에.
남자24	청산가리는 어디서 파나?
남자25	인터넷에 팔아요.
남자24	죽을래도 컴퓨터가 서툴러 못 죽어.
남자25	청산가리 없어서 못 죽나요? 연탄가스도 있고, 백합 다발도 있고.
남자24	못살아서 연탄가스 잔뜩 마셔 봤거든? 머리만 나빠졌어. 그냥 살어. 애도 만들고.
남자25	형님 아들들처럼 술이나 마실 걸 애는 만들면 뭐 합니까. 아, 오늘이다.
남자24	뭐가?
남자25	애를 만들려면 오늘인데… 형님은 시간을 언제로 되돌리고 싶어요?

사이.

남자25　　술 한 병 다 먹겠네. 아줌마, 오이라도 주면 안 돼?

아줌마　　예에.

사이.

남자24　　난 나 때문에 세상이 바뀌는 줄 알았네.

남자25　　니미 되돌리기는 무슨. 전요, 시간이 빨리 가는 게 겁나 겁나요. 시간이 자꾸 가는 게 겁나요. 멈추고 싶다. 왜 그렇게 가? 어디로 가? 왜 저 혼자 가냐고. 알아야 준비를 할 거 아니야. 어디로 가는지 알아야. (운다)

남자24　　어릴 때 달리기를 한다고 출발선에 서 있었어. 처울지 말고 들어, 형이 이야기하는데. 결승선에 엄마들이 딱 앉아 있어, 로봇 하나씩 들고. 그거 보고 뛰라는 거지. 요이땅. 뛰는데 세 발 뛰었나 벌써 꼴등이드라고. 애들은 저만치 가 있드라고. 못 따라가겠어. 그래서 내가 앉았어. 편하더라. 근데 엄마가 나한테 오는 거야. 다들 절루 뛰는데 우리 엄마만 일루 뛰어. 엄마가 오니까 미안해지데. …편한 게 낫냐, 미안한 게 낫냐.

륜아, 두리번거리다 아버지를 찾아온다.

륜아　　(24에게) 아부지. (25에게) 안녕하세요. (24에게) 아부지 한참 전화했어요.

남자25　　앉아. 잔도 하나만 주세요.

아줌마　　예에.

남자24	(25에게) 젊으니까 잘 마시네.
남자25	술이 점점 늘어요.
남자24	내 나이 되면 간이 썩어.
륜아	아버지. 저기 돈 좀. 2만 원만.

사이.

남자25	먹어. 먹어.
륜아	2만 원 없으면 만 원.
남자25	크게 말해, 임마.
륜아	만 원만 주세요. 2만 원이면 좋고, 없으면 그냥 만 원.
남자24	며칠 전에 줬잖아.
륜아	그니깐. 며칠 됐잖아요.
남자24	너 아르바이트 안 했냐. 그래서 늦게 들어왔잖아.
남자25	어디 갈라고 아부지한테 돈 달라 그러냐. 너네 아버지 돈 없어.
륜아	알바 월급 나오는 거 드릴게요. 지금 기다리는데 시간이 없어서요.
남자25	누가 뭘 기다려.
륜아	애들이 지금 먼저 강남 가서 기다려요.
남자24	(25에게) 우리 내일 뭐 준비해야 되는데. 들어도 까먹어.
남자25	제가 할게요. 잊어버리세요.
륜아	만 원만 줘요.
남자24	넌 내가 은행으로 보이냐? 나이를 먹으면 말이다…
륜아	알았으니까 그냥 좀 줘요. 없어요?
남자25	내가 줄게, 내가.
륜아	괜찮아요.

남자24　　　(남자25에게) 가만히 있어. 가만히 있어.

사이.

남자24　　　아까 장례식장에서 본 애는 이름이 뭔가? 난 개 몇 번 못 본 거 같아.

남자25　　　저도요.

남자24　　　그런 거 하면 보너스 그런 거 나오나.

남자25　　　성과금 있겠죠. 아줌마.

아줌마　　　예에.

남자25　　　이 아줌마는 대답만 해. 소주 한 병 더 가져와야겠다.

남자25 나간다. 사이.

륜아　　　　그럼 5천 원만요.

남자24　　　여기는 안주를 시키면 안 나오네. 맛도 없고 서비스도 없고. 아줌마, 휴지 있어요?

아줌마　　　예에.

륜아　　　　아부지.

남자24　　　휴지 안 준대요?

아줌마　　　예에.

남자24　　　아버지한테 말하는데 주머니에 손 넣고 말하냐?

남자24, 소주를 따라 준다.

남자24　　　가라.

륜아　　　아버지, 집에 가서 줄게요.

사이. 남자25 들어온다.

륜아　　　줘요. 좀. 미치겠네. 얼마나 이러고 있으면 되는데. 그냥 좀 줘요.
　　　　　만 원만 줘요. 좀 줘. 나 언제까지 이러고 있을 건데.

륜아, 소주를 탁자에 붓고 나간다. 사이.

남자25　　나 형님 또 부서 이전된다는 소문 들었다.
남자24　　…그래?
남자25　　어디로 가는지 알아요?
남자24　　글쎄.
남자25　　관리부래요. 말이 관리부지… 경비지, 회사 경비. 그 사업부 외주
　　　　　로 돌린다는 소리도 있고.

사이.

남자25　　아줌마.
아줌마　　예에.
남자25　　넨장. 한 회사에서만 스물세 명이 자살했네.
남자24　　회사가 워낙 크잖아.
남자25　　이건 산재죠, 산재.
남자24　　다 우연이야.
남자25　　우연이 아니지. 통계상으로만 봐도…
남자24　　(말을 끊으며) 나약해서 그래. 회사가 어쩌겠어.

남자25	형님. (사이) 그 뭐… 형수님은 연락 안 돼요?
남자24	하… 연락 안 된 지가 몇 년인데.
남자25	왜 화를 안 내요, 형님은?

사이.

| **남자24** | 화내는 거야. |

스물다섯 번째 남자의 집에서

포르노가 화면을 보고 있다.

(포르노) 내가 장롱문을 열었을 때,
거기엔 내 몸의 뒤쪽, 달의 뒷면, 보이지 않지만 거기 있는 거기, 궁금한 거기에 관한 이
야기가 있습니다. 어둠. 어찌할 바 모를 까만빛. 토할 것 같아. 눈을 뗄 수 없어. 그 사람
은 열세 시간째 포르노를 봅니다. 울렁거린다. 어지러워.

클리토리스를 만진다. 귀두다. 대음순과 소음순 사이에, 귀두다. 빨개진다. 음낭이다.
흔들린다. 앞뒤다. 위아래다. 좌우다. 앞뒤. 앞뒤. 앞뒤. 앞뒤.

여목소리　　간지러워.

남목소리　　가만있어.

여목소리　　답답해.

남목소리　　좋아서 그래.

여목소리　　간지러워.

남목소리　　좋잖아.

여목소리　　좋아.

남목소리　　좋지.

여목소리　　완전 너무 좋아. 너도 좋아?

남목소리　　좋아. 오므리지 마.

여목소리　　잠깐만.

남목소리　　꽉 잡아.

여목소리　　거기가 거기야?

남목소리　　몇 번째야?

여목소리　　지금,

남목소리　　놔둬. 놔둬.

여목소리　　우후.

벨소리 한 번 울린다. 남자25 문을 열고 들어온다. 포르노, 놀라 포르노를 끈다.

르노　　문 열려 있었어?

남자25　　열쇠 있었어. 잠긴 줄 알고 돌렸더니 잠기더라.

르노　　열어 놨나 봐.

남자25　　응.

르노　　근데 벨은 왜?

남자25　　자기 놀랄까 봐.

르노　　벨 소리에 더 놀래.

사이. 달력을 가리키며.

르노　　아침에 병원 갔다 가느라고 회사 안 늦었어?

남자25　　안 늦었어.

르노　　다행이네.

남자25　　영상을 틀어 주더라. 아침부터.

르노　　무슨 영상?

남자25　　그런 거.

르노　　야했어?

남자25　　더 힘들었어.

　　　　동물들은 수의사가 해 주잖아.

르모　　어떻게 알아?

| 남자25 | 그럼 앞발로 이렇게 이렇게 하냐? |
| 르노 | 의사가 오늘 집에서도 하래. |

사이.

르노	배 안 고파?
남자25	설마.
르노	위 다 상해. 술도 매일 마시면서.
남자25	뭐 이제 마실 일이 확 줄걸.
르노	왜?
남자25	미스타 김도 없고.

사이.

르노	밥은 먹어야지 그래도.
남자25	그냥 굶어 죽을까 해.
르노	스물다섯 번째인가?
남자25	미스타 김이 스물세 번째. 나는 스물네 번째. 마음에 들어?

르노와 남자25, 침대에 든다. 정사.

르노	당신 외투 윗주머니에 청산가리 있는데, 흰 봉지.
남자25	그래?
르노	몰랐구나.
남자25	윗주머니에 손이 잘 가나 어디.
르노	다른 데 넣으면 너무 쉽게 찾잖아.

남자25　　부적 같아.

르노　　아닐 건 또 뭐야.

남자25　　그렇네.

르노　　혹시 죽고 싶어지면 꺼내 먹어.

남자25　　…

르노　　괜히 굶고 다니지 말고. 안쓰럽게.

남자25　　가루약이야, 알약이야?

르노　　가루.

남자25　　요즘 가루약 먹는 사람이 어딨냐? 사레 걸려서 죽어.

정사 끝.

르노　　물에 잘 개 봐.

남자25　　하긴. 물 한 잔만.

르노　　…

남자25　　아니다. 것도 약인데 식후 30분 후가 낫지. 일단 밥 먹자.

사이.

르노　　딸이면 좋겠다.

남자25　　딸도 아니고 아들도 아닌 건 없잖아. …그치?

회사 게이트에서

남자24, 의자에 앉아서 회사 출구 경비를 보고 있다.

사람들이 통과할 때마다 '삐' 소리 난다. 삐. 삐. 삐.

누군가 지나갈 때 '삐삐삐' 소리. 남자24, 일어나 보지도 않고 말한다.

남자24　　　신분증 좀 보겠습니다. 감사합니다.

남자24, 다시 앉는다. 사이.

누군가 길을 묻는 모양이다. 보지도 않고 답한다.

남자24　　　오른쪽이요.

남자24, 다시 가만히 있다.

가만히 있다.

가만히.

한참.

(남자24) 뭐랄까. 화도 나고 슬퍼지기도 하는데, 다른 생각이 들기 시작하더라. 내가 쓸모없다고 느껴지면서 무력하고 뭔가에 되게 화가 났어. 근데 뭐에 화를 내야 하는 건지, 대상이 뭐여야 하는지. 화가 나를 향하면 어떻게 되는 건지. 그럼, 어떻게 되지? 다시 앉았을 땐, 기본적으로 좀 더 성실해야 되겠다는 생각이 들었어. 앉아 있을수록 성실해야겠다 싶었어. 웃기기도 했지. 이걸 성실하게 하려고 하는 내가 웃겼어. 그래도 그렇게 앉아 있는 이상은 별도리가 없겠구나 싶었지. 그런데 미친사람이 들어오니까,

미친사람 들어온다.

미친사람   없어.

출구 밖에 앉는다. 남자24, 가만히 둔다.

미친사람   질문을 막 하더라고. 질문을 하면 내가 어떻게 해야 하는 건지. 아
우 답답해. 아우 답답해.

사이. 미친사람 껌 종이를 꼬깃꼬깃 꺼내서 들여다보기 시작한다.

미친사람   여기 어떻게 가나. 주소가 없어. 이렇게. 이렇게. 입 말라. 아이고 허
리야. 뭐 먹지?

남자24   여기 계시면 안 됩니다. 여기 계시면 안 돼요. 어디서 오셨어요. 일
어나세요. 일어나세요.

남자24, 미친사람을 자기 자리에 앉힌다.
한참을 앉아 있고 서 있다.
남자24, 하품한다.

미친사람   (하품처럼) 아아아아아.

사이.

(남자24) 일을 해야지 싶었는데 열심히 해지지가 않데.

사이.

미친사람　　안 없어져. 여기 있어. 여기 있다가 가만히 있다가 번쩍 뛰어내려. 지랄한다. 지랄해. 그렇게 해 봐라.

사이.

(남자24) 그때부터는 화가 났어. 앉혀 놓고 옆에 서 있는데 이 사람은 왜 이렇게 됐을까 하는 생각이 들면서 동질감이 들었어. 교실에서 쫓겨난 짝꿍하고 나 같은 느낌이야. 억울하게 쫓겨난.

사이.

미친사람　　미스타 김 목에 점 있잖아. 그거. 없지, 이제. 그거. 없지, 이제. (구겨진 껌 종이를 다시 펼치며) 여기 어떻게 가지? 이렇게. 이렇게.

미친사람, 간다. 남자24, 다시 자기 자리에 앉는다.

(남자24) 다시, 앉으니까 기분이 달라졌어. 뭔가 달라졌어.

남자24, 쫓아 나간다.

(남자24) 그래서, 쫓아갔어.

서울역에서

남자24, 홀로 장롱문을 열고 나온다. 서성거린다.

(남자24) 내가 장롱문을 열었을 때, 서울역이다. 역 한복판에서 갈 데 없다. 모두 지나가는 사람들. 사이로. 그 사람 없다. 지나가는 모든 사람들. 사이로. 냄새. 이 냄새. 뭔가 짙은… 짙은… 꾸린내. 점점 다가오는, 출렁이는 인파를 헤치고, 비와 땀과 지린 오줌에 쩔은, 먼지와 오물과 침에 쩔은, 토악질과 술과 담배와 체액과 비와 먼지와 술과 하수구와 쥐 정액과 고양이 암내와 녹물과 쉰 막걸리와…

노숙자들이 하나둘, 남자24 곁에 와서 서거나 앉는다. 그 모습 뭔가 이상하다.

(남자24) 거기에 서 본다. 생전 처음 거기 서 본다. 무엇보다 거기는, 아니 여기는,

미친사람　　바닥이 차.

(남자24) 닮았어.

노숙자들과 미친사람 서성댄다. 서울역의 여느 풍경처럼.

미친사람　　밥 줘.

노숙자1　　없어요.

미친사람　　밥 줘. 밥 먹자.

노숙자1　　없어요.

미친사람　　밥 달라고. 밥 줘.

노숙자1　　없어요.

미친사람   밥 줘.

노숙자1   밥 줘.

미친사람   없어요.

노숙자1   밥 줘.

미친사람   없어요.

노숙자1   담배 펴요?

남자24   예. (준다)

노숙자1   한 가치만 더. (준다)

받아서 미친사람에게 던진다. 미친사람 계속 구겨진 껌 종이를 들여다보고 있다.

공익요원 두 명이 들어온다. 노숙자들의 숫자를 세기 시작한다.

노숙자들은 서로 정신없이 자리를 옮겨 다닌다.

공익1   고개 좀 들어 보세요. 움직이지 말구요. 고개 좀 들어 봐요.

공익2   셀 때마다 틀린데?

남자24   수고가 많으십니다.

공익1   아, 네.

남자24   전 아니에요. 저는 셀 필요 없어요.

공익2   아, 네.

노숙자1   저도 아니에요. 저도 셀 필요 없어요.

공익2   아, 네.

남자24   아니, 저분은 노숙자분 되시구요, 전 정말 아니라니까요. 전 그러
니까,

공익2   가만히들 좀 계세요. 고개 드셔야죠.

남자24   숫자가 안 맞을 건데.

공익1과 2, 남자24까지 포함해서 센다. 퇴장.

노숙자1   시간. 시간. 놓친 거 같애. 몇 시예요.

남자24   3시 15분이요.

노숙자1   아, 어떡해. 저기요, 저기 저기, 세 시 십오 분 맞죠.

남자24   네.

        노숙자2   바뻐. 뭐 그렇게 바뻐.

        노숙자3   (노숙자2에게) 시끄러 등신아.

        노숙자2   어디 가. 어디 가.

        노숙자3   (노숙자2에게) 좆이나 까 잡숴.

노숙자1   (남자24에게) 몇 시예요?

남자24   3시 17분요.

노숙자1   아, 어떻게. 씨발 2분이나 갔어. 3시 17분 진짜 맞죠. 미치겠네. 저기
요. 기차 타 봤어요?

남자24   네.

노숙자1   우와.

남자24   좋아요.

노숙자1   우와.

        노숙자2   어디 가게?

        노숙자3   어디 가냐고? 몰라.

                (싸우는 노숙자2와 3) 왜 그려.

                나와. 내 자리야. 야, 데려가.

                알았어. 미안해.

(남자24) 이런저런 생각이 드는데, 잠깐. 아주 기분이 이상해졌어.

공익요원 두 명이 들어온다. 노숙자들의 숫자를 세기 시작한다.

노숙자들은 서로 정신없이 자리를 옮겨 다닌다.

공익1 고개 좀 들어 보세요. 움직이지 말구요. 고개 좀 들어 보라니까요.

공익2 셀 때마다 틀린데?

공익1 이제 어디 어디 남았지?

공익2 한 바퀴 다 돌아가지 않나.

공익1 아직도. 뭐가 이렇게 많아.

공익2 넓잖아.

공익1 센 사람 또 센 거 아니지?

공익2 아무리. 에이, 아무리.

공익1 웬걸. 닭 우리에서 닭 세는 거 같다, 야. 그거 더럽게 안 세지거든. 다 그놈이 그놈이라. 닭대가리 흔들고 파닥거리고 구석으로들 짜지니까.

공익2 닭 세는 법 모르는구나.

공익1 닭 세는 법?

공익2 한 마리씩 세는 게 아니라 동시에 봐. 이렇게. 초점을 두지 말고. 왜 그런 거, 사팔뜨기, 매직아이로. 그 상태로 세는 거야.

공익1 어우 야, 이거 되네. 된다.

공익2 숫자 맞어?

공익1 어, 딱 맞네.

공익2 거 보시게.

공익1 하나가 여럿인 걸로 보여. 왜, 그. 손오공 머리털.

공익2 분신술 말이지.

공익1 그래, 인간 복제처럼. 또 아는 거 뭐 있어? 어? 어?

공익1, 2 퇴장.

남자24의 아내, 먼발치서 지나간다.

남자24, 그를 한동안 쳐다본다. 입을 벌리지만 말이 나오지 않는다.

남자24　　　　(터져 나오듯) 이봐. 륜아 엄마. 여기 말이야.

아내, 멈춘다. 천천히 뒤돌아본다.

그녀는 온 세상과 사람들과 남자24를 훑어본다.

남자24, 어느새 그녀를 따라 천천히 온 세상과 사람들과 자신을 훑어본다.

아내, 사라진다.

(남자24) 그냥 다… 나나 저놈이나 이놈이나 이놈이나 나나 저놈이나 그게 그건가…

싶데.

그냥 갑자기 알겠더라고. 그래 본 적 있어? 그냥 알아지는 거. 아. 하면서. 아.

말도 안 되는데.

아.

똑같은 놈들이야. 그러니까, 그러니까, 저놈도 이놈도 다 나야. 내가 저놈이야. 이놈이

나야. 그 뭐라 그러지?

…복제 인간 말이야. 복제 인간이라니.

복제 인간…?

남자24, 노숙자들을 둘러본다. 다시 자신을 본다. 그는 점점 충격에 휩싸인다.

미친사람　(껌 종이를 들여다보며) 여기 가려면 여기 이렇게 해서, 이렇게 이
렇게…

미친사람　(껌 종이를 들여다보며) 여기 가려면 여기 이렇게 해서, 이렇게 이
렇게…

2. 패륜아

(패륜아) 내가 장롱문을 열었을 때,

예를 들면, 죽음. 호기심 가득한 이 세상. 아버지의 머릿속. 내 머릿속. 그는 아빠를 죽였습니다. 아니, 죽일 것입니다. 아니, 죽였습니다.

이건 연극이니까 지난 시간에 관한 거죠. 아니, 이건 연극이니까 지금 이 시간하고만 상관합니다.

뭔가 벌어지고 있습니다. 그건 뭐죠? 그는 아빠를 죽였습니다. 죽입니다. 죽일 것입니다.

왜? 어떻게? 이렇게? 이렇게? 왜? 왜?

아버지와 어머니와 나

상에 마주 앉은 남자24와 륜아.

쥐 소리.

륜아, 손톱을 깎는다. 그 소리가 신경에 거슬리는 남자24.

남자24　　　손톱 아무 데나 버리지 마.

륜아, 손톱을 아무 데나 버린다. 계속 깎는다.

남자24　　　손톱쥐 이야기라고 있어. 어느 고을에 원님이 있었는데, 손톱을
깎아서 아무 데나 버렸대. 쥐 새끼가 원님 손톱을 주워 먹더니 원
님으로 변한 거야. 원님 행세를 하기 시작했지. 원래 원님은 쫓겨
나고. 그래서 어떻게 됐더라. 아마 원님이 열받아서 자살했던가.
내가 난데 누구냐 너냐…

륜아, 코웃음. 손톱을 아무 데나 버린다. 계속 깎는다.

남자24　　　손톱을 아무 데나 버리는 습관도 원님 천성이었던지 쥐 새끼 원님
도 깎은 손톱을 아무 데나 버렸네. 또 쥐 새끼가 그걸 먹고 또 고
을 원님으로 변했네. 이놈이 또 원님 행세를 하니까, 원래 원님은
또 열받아서… 자살했네.

륜아, 손톱을 아무 데나 버린다.

남자24　　　그다음 원님도 손톱이 자라니까 손톱을 깎겠지. 그걸 또 아무 데

나 버려서 또 쥐 새끼가…

륜아　　배고파.

남자24　　먹어.

륜아　　네.

남자24　　원님이 계속 바뀌는데 아무도 모르지.

사이.

륜아　　알면, 뭐.

사이.

남자24　　국 좀 짜게 된 거 같은데.

륜아　　괜찮은데.

남자24　　너 미역국 잘 먹더라. 나는 미역국이 싫어. 늬 엄마 있을 때도… 하여튼 싫어. 먹어. 잘하고 있냐.

륜아　　네, 뭐.

남자24　　…저기.

륜아　　…네.

남자24　　…저기, 아니다. …아버지 회사에서 또 한 명 죽었어. 운명이 거기까진가 보지 뭐. 그러니까 니가 말 잘 들어. 빨래 좀 뒤집어 놓지 말고. 형한테 연락 왔냐? 언제 받은 게 마지막인지 생각이 안 난다. 여자 생긴 거 같은데, 하긴 결혼할 나이 됐으니까. 넌 여자 친구 있냐. 멀쩡하게 생겨 가지고 없어?

륜아　　친구들이랑 놀죠 뭐. 귀찮잖아요.

남자24　　귀찮으면서 필요한 거 여자잖아. 나이 들어서 친구들하고만 다니면 병신인 줄 알아.

륜아　　아버지 회사 일은 어때요.

남자24　그냥 먹고사는 거지 뭐. 거 뭐냐 등록금도 내야 하고 힘들어도 하
　　　　는 거야. 쉬는 날도 없고. 뭐 재밌어서 일하고 그런 거겠냐. 그게
　　　　중요해. 남자는, 가장은 재미없어도 하고 그런 게 중요해. 학교 다
　　　　니면서 너한테 재밌는 게 뭔지 잘 알아봐. 많이씩 퍼서 먹어 임마.

륜아　　전 뭐 해야 될지 모르겠어요.

남자24　군대 갔다 왔던가.

륜아　　가야죠.

남자24　니 형이 갔다 왔지. 남들 다 하는 거 너도 해야지. 니가 전공이 뭐
　　　　였지?

륜아　　지루하시죠?

남자24　뭐가?

륜아　　사는 게.

남자24　그런 거지 뭐. 대통령이라고 재밌겠냐? 다 그런 거야. 대학 가고
　　　　군대 가고 직장 가고 결혼하고 애 낳고 애 키우느라 돈 벌고, 애
　　　　크면 등록금 벌고, 애 장가보내느라 돈 벌고… (하나도 재미없는
　　　　표정으로) 너랑 이렇게 밥 먹고 이런 게 재밌는 거야. 커피 한잔하
　　　　자. 아들이 주는 커피나 먹어 보자. 설탕 세 개, 프림 몇 개? 세 개.
　　　　커피는 알갱이 수 딱 서른아홉 개. 빨리 타 와 봐. 뭐 하냐? 타 오래
　　　　두. 하나, 둘, 셋…넷, 다섯, 여섯, 일곱, 여덟, 아홉, 열… 아빠 없다
　　　　고 생각해 봐. 그래, 아빠가 없다고 생각해 봐. 엄마도 없는데 아
　　　　빠도 없으면 어떻겠냐. 없으면 좋겠냐? 자유롭고 편하고 좋겠냐?
　　　　아빠가 없으면 좋겠냐? 열하나, 열둘, 열셋…

남자24 자신을 칼로 찌른다. 남자24 고꾸라진다.

(패륜아) 어릴 적 형이 꼬물꼬물 애벌레를 촛농에 가두는데. 애벌레는 꼬오물꼬옴짝 못 하는데. 아빠는 편안해 보인다… 상상한다. 아빠 뭉텅한 손가락 끝에서 빨간 시침 실처럼 피가 흐른다… 상상한다.

류아   잠깐 아버지가 없으면 좋겠다는 상상을 한 거다. 상상으로는 사
         람이 죽지는 않는다. 그럼 뭐지?

쥐 소리.

류아   (국을 떠먹으며) 무슨 맛이지?
남자24   된장국 끓였구만.

남자24 벌떡 일어난다. 아버지와 류아 마주 앉아 밥을 먹는다. 류아, 피식 웃는다.

남자24   아버지도 어릴 적에 웃긴다는 소리 많이 들었어.
류아   근데 집에서 왜 그래요?
남자24   내가 너 웃겨서 뭐 할라고.
류아   아버지 식도염 있잖아. 짜게 먹으면 트림 올라오고.
남자24   밥 질어. 진 게 소화는 잘된다드라.
엄마   우리 아들, 체한다. 천천히 먹어. 천천히. 국물 그렇게 끓이면 맛없
         는데. 어뜩하니.

엄마의 웃음소리. 아버지 다시 죽는다.

(패륜아) 배를 가른다. 쿨렁 내장들이 쏟아져 나온다. 빛의 실오라기라도 걸치려, 단박 에 외마디로 넘쳐난다. 껍데기는 내장들 밑으로 깔렸다. 한 몸에 이리 한 몸 아닌 것들

을 담느라 앙다물던 것들이 이제 핏물 흥건한 바닥 위로 널브러졌다. 아버지는 죽고 내장들이 탄생했다. 죽어 빛을 본 내장들이여.

남자24, 또 일어난다.

륜아　　　왜 또.

남자24　트라우마가 유행이야.

륜아　　　그래.

륜아, 남자24를 굿는다. 남자24 고꾸라진다.

엄마　　　죽었어? 잘생겼다. 그래도 니가 니 아버지 많이 닮았어. 콧날하고
　　　　　　속쌍꺼풀 진 거하고.

륜아, 밥상을 치우려고 한다.

엄마　　　너 밥 다 안 먹었잖아. 더 먹어. 왜 이제 배 안 고파?
　　　　　　여기 앉아 봐. 어디 봐. 내 새끼 발, 땀이 많이 났네. 여기도 아파?

륜아　　　응.

엄마　　　어쩜 이리도 발도 닮았니? 니 형보다 니가 아버지 더 닮았어.

륜아　　　형이랑 아버지랑 똑같이 생겼는데.

엄마　　　니가 더 닮았어. 너 어릴 때 몸 약해서 엄마 얼마나 고생시켰는데.
　　　　　　아이고 우리 아들 허벅지 봐라. 이건 니 아빠 안 닮았다. 운동 시킬
　　　　　　걸.

륜아　　　엄마, 아빠 어떻게 해?

엄마　　　편해 보인다야. 내비둬.

류아 그래, 잠깐만.

엄마 근데 저거 자꾸 번지겠다.

류아 걸레를 가져올까.

엄마 지금 걸레 닦아 봐야 소용없어. 여러 번 움직이지 말고 한 번에 해. 역기라고 생각해 봐 한 번에 들어 봐.

류아 으쌰. (류아, 아버지의 시신을 장롱으로 옮긴다)

엄마 잘한다. 내 새끼. 자, 이리로. 이리로.

류아 왜 여기다 넣어?

엄마 그렇게 하는 거야. 옳지. 한 발짝만 더. 손 여기다. 이쪽 손 여기다. 옳지. 옳지. 아이고 잘한다. 내 새끼.

류아, 걸레를 가져다 바닥을 닦는다. 엄마, 류아에게 걸레질을 가르친다. 쥐 소리.

엄마 그렇게 하면 안 지워져. 이게 액체잖아. 방바닥 여기 좀 패였지. 여기로 일단 잘 밀어 넣어. 한군데로 모아서… 애를 얼마나 일을 시켰으면 후다닥 잘해. 이렇게 모아.

류아 모아?

엄마 내가 있어야 하는데 어떡해. 예전에 티브이에서 본 거 같은데 과산화수소 이런 거 필요하대. 엄마가 사 올까?

류아 밖에 추워.

엄마 그래. 이리 와.

류아 춥다. 나 귀 파 줘.

엄마 세상에. 너 얼마나 안 판 거야.

류아 안 판 게 아니라 샴푸가 자꾸 귀에 들어가.

엄마 왕건이다. 누구 아들인데 이렇게 귓밥이 많아.

류아 엄마 아들.

엄마　　　귀 잘생긴 거 봐라. 이거 복귀야. 누가 만들었어 이걸.

륜아　　　엄마가.

웃음. 엄마 륜아를 재운다. 엄마, 사라진다. 잠이 들었던 륜아, 깬다. 쥐 소리.

륜아　　　또 나갔네.

륜아, 귀를 후빈다. 두리번거린다. 옷장 문을 연다. 닫는다. 두리번거린다. 옷장 옆에 자리를 잡는다. 있는다. 가만히 있는다. 아주 오래. 쥐 소리.

(패륜아) 내가 장롱문을 열었을 때,

굳게 닫힌 장롱문 뒤에 아버지의 시체가 눈을 뜨고 입을 벌린 채로 옷걸이에 걸려 있다.

늘어난 하얀색 옷걸이.

아버지는 버티느라 눈에 힘을 준다. 부릅뜬다. 입이 헤벌어진다. 옷걸이 늘어난다 늘어난다. 죽은 아버지 고환처럼 늘어난 것들의 편안함. 아버지는 장롱문 밖으로 튀어 나가지 않기 위해 애를 쓴다.

(남자24) 까만 어둠 속 하얀 옷걸이. 하얀 장롱 틈 아들의 까만 머리통.

아들은 나만큼 잔뜩 힘을 주고 있다. 누군가를 놀라게 하고 싶지 않아서다. 나처럼. 아들도. 아들도 늘어난 하얀 옷걸이가 불편하다. 아들의 시계가 멈춰 있다.

(패륜아) 아, 알았다. 아버지는 죽고 싶어 했던 거고, 나는 잠깐 아버지를 죽이고 싶어 했던 거다.

아, 알았다. 그 사람은 제 아버지가 아니었습니다.

무서워. 딴생각하자. 무서워.

시체와 단둘이 있는 패륜아. 무섭다.

쥐 소리.

안티노리 박사

기자	사람들은 아주 오래전부터 복제를 상상해 왔습니다. 하지만, 다만 상상일 뿐이었죠. 박사님, 그게 정말 이루어진 겁니까?
안티노리	나는 계속 그렇다고 얘기하고 있죠. 당신은 계속 못 믿고 있죠.
기자	제가 왜 못 믿는 걸까요?
안티노리	그건 당신의 편견 때문이오. 공상과학이 저질러 놓은 미개한 편견. 아시아 어디에 있는 나라에선 손톱을 깎아서 쥐한테 먹이면 그 쥐로 사람이 복제된다는 믿음도 있더이다.
기자	어느 나라?
안티노리	어느 나라였더라.
기자	똑같은 내가 세상 어디엔가 또 있다. 그걸 두려워하는 게 편견이라면, 박사님에게 복제는 대체 뭔가요?
안티노리	누구도 마음이나 기억을 복제할 수는 없소. 오지 원주민들은 지금도 카메라를 총부리처럼 피해요. 사진에 찍히면 혼 뺏긴다고. 우린 사진이 다만 피부 표면까지만 미치는 걸 알지요. 복제는 유전자까지만 해당해요.
기자	박사님은 혹시 무성생식주의자인가요?
안티노리	무성생식…? 주의… 뭐요?
기자	그… 섹스 기피증이랄까.
안티노리	뭐라는 겁니까.
기자	박사님이 그것의 기쁨을 이해하고 있지 못하는 건 아닌가 하는 추측도 있습니다.
안티노리	그래서?
기자	박사님. 섹스는 자연의 신비입니다. 그 갈망과 전율로, 손길 하나하나가 이루는 절정에서 아이는 만들어지고 탄생합니다.

안티노리 이미 섹스 없이 아이들은 만들어지고 있소.

기자 하지만 그것은,

안티노리 그리고 점점 많아질 거요.

기자 복제된 사람의 자기 정체성은 어떻게 감당하실 생각입니까? 그 사람은 스스로를 누구라고 생각할까요?

안티노리 시험관에서 출생한 사람들도 이와 유사한 갈등을 겪기는 마찬가지입니다. 하필 이 정자를 고른 게 의사라는 걸 어떻게 받아들여요? 의사에게 가서 기도하거나 저주해요? 이런 갈등도 극복될 겁니다.

기자 그는 단순히 복제품에 불과하다는 사실을 두고 괴로워할 것입니다.

안티노리 왜 그걸 나한테 묻습니까? 지가 누군지 누가 알아요?

기자 바로 그게 문제입니다. 생명의 영역, 고귀한 '자아'의 영역에 인간의 힘이 미치는 것에 대한 많은 우려와 혼란이 있습니다.

안티노리 사회적으로 많은 논의가 필요하죠. 하지만, 분명한 건 복제 인간은 하나의 개개인이라는 겁니다.

기자 만약 장기만 키운다면?

안티노리 인간이 아니죠.

기자 그럼 어디까지가 인간인가요? 부분 배양된 장기들이 거의 다 갖춰진다면 그것은 장기들입니까? 사람입니까? 사람은 어디서부터입니까? 뇌? 심장? 과학적으로 우리는 보통 심장이 멈추는 것을 '죽음'의 기준으로 봅니다만 심장은 가장 먼저 이식용 복제 장기 순위에 올라 있지 않습니까?

안티노리 목적이 중요합니다. 인간을 복제하느냐 치료를 위한 부분 배양이냐에 따라 달라져요.

기자 개개인의 인간을 뭘로 생각하시죠?

안티노리 타인이 나를 인정하는 거기에 인간의 개념이 있다고 생각합니다. 복제물의 결과를 보고도 누가 봐도 얘는 인간이다, 라면 인간이죠. 우리가 그들을 하나의 인간으로 보는 것이 제일 중요하다구요.

기자 박사님의 말씀을 들어 보면 한 개인이 누구인가와 그 사람의 유전자와의 관련이 그다지 중요하지 않은 것처럼 보입니다. 과연 그럴까요? 상호 교환할 수 없는 유전적 정체성이야말로 인간의 전제조건이 아닙니까?

안티노리 인간의 유전자는 암호화 기능이 없는 DNA, 즉 쓰레기 DNA가 97%요. 이 거대한 사막 중 단 3%의 오아시스만이 정보를 지닌 DNA요. 이 3%에만 그가 누구인지를 알려 주는 정보들이 담겨 있지요. 나머지 97%에는 무엇이 있을까? 기일까? 영혼의 자리일까?

르노의 륜아 방문

쥐 소리. 륜아의 집. 륜아 혼자 있다.

(패륜아) 아빠의 손톱이 자란다.

손톱을 깎아 볼까? 손톱깎이가 어디 있지?

르노, 주위를 살피며 들어온다.

륜아 형광등은 차가워. 밤이고 낮이고 차가워.

르노 차가워.

륜아 내가 문을 열어 놨나? 아닌데 뭐지?

르노 가득해.

륜아 다른 게 들어오니까 냄새가 나.

르노 장롱문을 열었는데… 잠겼네.

사이. 륜아와 르노 마주 본다.

륜아 엄마?

르노 며칠 전에 이상한 소리가 났어.

륜아 …

르노 며칠 전에 이상한 소리가 났어.

륜아 전 못 들었어요.

르노 이 집에서 나던데.

륜아 전 못 들었어요.

르노 뭘 못 들어?

류아　　네? 이상한 소리.

르노　　이상한 소리가 뭔데?

류아　　…

르노　　마침 집에 나만 있었기에 망정이지. 남편 있었으면 뛰쳐 왔을 거다.

류아　　아, 옆집 아줌마예요?

르노　　나? 응.

사이.

르노　　무슨 일이야?

류아　　뭐가요?

르노　　그 소리.

사이.

르노　　장롱이 잠겨 있더라. 누가 보면 안 되는 게 들어 있나 봐.

사이.

르노　　아버지는 요즘 늦으신다. 통 안 보여.

사이.

류아　　잘 보면 보여요.

르노　　그래?

류아　　네.

르노　　몰랐네.

사이.

르노　　그게 뭐. 그럴 수도 있지. 이제 어쩌겠어.

류아　　뭐 그냥…

르노　　그렇지? 너 보기보다 용감하다.

사이.

르노　　한창 뜨거울 때니까. 견디기 힘들 테니까. 실은… 나도 그래. 실은
　　　　　나도 그래.

류아　　뭔데요.

르노　　정말이야.

류아　　정말요?

르노　　너만 알고 있어.

류아　　아줌마도요?

르노　　그래.

류아　　거짓말.

르노　　난 그러면 안 돼?

류아　　안 되는 게 아니라. 설마,

르노　　뻔뻔스럽지.

류아　　아니요.

르노　　여자답지 못하고.

류아　　네?

르노   너무 그렇게 쳐다보지 마.

류아   네?

르노   스무 살짜리 눈은 좀 못 견디겠네.

류아   네.

르노   아냐, 그냥 다시 봐.

류아   네.

르노   안 보니까 왠지 섭섭해.

류아   네.

르노   착하네. 착해.

류아   착하다구요?

르노   듣기 싫은가 보다. 이거 좋은 말이야. 누구에게나 착한 마음은 있
          어요.

류아   악마예요.

르노   악마까지는 좀.

류아   악마.

르노   그래.

류아   네.

르노   그래.

류아   네. 악마. 미키마우스.

르노   그래. 응?

류아   네. 악마. (사이) 아부지… 그게 뭐야… 이게 뭐야. 남들은 이러지
          않잖아요,

르노   젊어서 그럴 거야.

류아   시간을 되돌리고 싶어요.

르노   어쩌지. 아무리 나이 먹어도 그건 안 되던데. 아버지가 때리셨니?

류아   아니에요, 그런 거.

르노　　그래.

류아　　아버지. 멍하니.

르노　　너도 이 장롱에 넣어 뒀구나.

류아　　네.

르노　　나도 그래. 장롱이 알고 보면, 그 뭐랄까, …참, 응큼해.

　　　　　나 장롱 안 좀 구경해도 될까?

　　　　　남편은 눈치챈 거 같아. 모르는 척하는 거 나도 모르는 척해.

　　　　　몇 개나 돼?

류아　　네?

르노　　여자 감독이 만든 거 본 적 있어? 또 달라. 섬세해. 감각적이고. 너

　　　　　는? 남자들은 일본 AV 좋아한다지? 너도 그래? 카테고리는 뭐 좋

　　　　　아해? no hair? 임산부? 애니메이션? 니키타 류? 가슴 큰 거 좋아하

　　　　　나? 역시?

사이.

류아　　…가슴 작은 게 좋아요.

르노　　나는 동성애자는 아닌데, 여자끼리 하는 것도 좋더라. 며칠 전처

　　　　　럼 돌비 시스템으로 소리 크게 해서 보는 거 좋아하지? 신음 소리

　　　　　희한하던데, 나 그거 좀 빌려주면 안 될까?

류아　　…

르노　　포르노랑 예술영화랑 공통점이 많아. 둘 다 지루해.

류아　　신음 소리 안 내고, 입 닥치고 말 안 하는 게 좋아요.

르노　　그러게. 가짜 신음 소리 싫지. 우리 바꿔 보기 하자. 나는 이미 다

　　　　　봤거든. 여러 번. 실은 수십 번씩.…알았어. 너 한 개에 나 두 개 바

　　　　　꿔 줄게. 싫어?

너 웃긴다. 지는 보면서 내가 보니까 이상한가 봐. 하여튼 남자들
이란.

…

그냥 그렇게 생각하는 거야. 시험관 할 때, 정자랑 난자랑 합체시
키기 위해 전기자극을 흘리거든. 찌릿. 성행위에서 오르가즘이란
게 그거야, 전기자극. 그 전기자극이 몸을 타고 흘러 들어가서 정
자랑 난자랑 찌릿 합체시키는 거야. 그 전기자극이 필요해. 남편
은 절연체 물질이 되어 가. 그이 몸 안에는 아무것도 안 흘러다녀.
나라도 전기를 흘려야 해.

요즘 회사가 뒤숭숭하잖아. 남편은 자기가 스물다섯 번째가 될
거라고 농담해. 그러면 다 농담 같아져.

안 빌려줄 거야?

륜아	다음에.
르노	다음에 언제? 몇 개나 가지고 있는데?
륜아	가득 들었어요.
르노	저기 가득?
륜아	네.
르노	얼마나 가득한데?
륜아	열어 볼까요? 아줌마가 다 치우고 갈 거면 열게요.
르노	그렇게 많아?
륜아	문 열면 쏟아져내려요.
르노	알았어.
륜아	열까요?
르노	응.
륜아	정말이죠?
르노	응.

륜아	후회 안 하죠?
르노	응. 왜 안 열어?
륜아	다음에.
르노	다음에 언제?
륜아	다음에.
르노	다음에. 꼭이다.
륜아	네.
르노	너 안 빌려줄 것 같아.
륜아	그럼.
르노	꼭이다. 가 봐야겠다.
륜아	네.
르노	갈게. 안 빌려주겠네.
륜아	가세요.
르노	어머, 이 집은 가로등이 바로 앞이구나.

르노, 커튼을 살짝 걷는다. 륜아, 싫은 기색.

르노 햇살 같아. 밤인데.

사이.

르노 바람 부나 봐.

창문도 연다. 륜아, 싫은 기색.

르노 (노래를 흥얼거린다) 안개 낀 성탄절 날 산타 말하길 루돌프 코

가 밝으니 썰매를 끌어 주렴.

사이.

르노 갈게.

류아 네.

사이.

류아 저.

르노 그래, 뭐?

류아 저.

르노 말해.

류아 부탁이,

르노 말해.

류아 등 좀. 혼자서는 팔이 안 닿아서 며칠째. 긁어 주세요.

르노 며칠째? 아버지가 맨날 늦으시나 보네.

르노, 류아의 등을 긁는다. 좀 수줍다. 류아, 목마른 듯 르노가 등을 긁어 주는 것에 매달
린다.

류아 오른쪽이요. 가운데 쪽으로요. 위에서부터요. 더 위. 더 위. 거기
요. 거기. 거기서부터 아래까지 길게요.

류아, 감질나는지 웃통을 벗는다. 르노, 부끄럽다.

륜아　　　　감사합니다.

르노, 나간다.

륜아, 장롱문을 연다. 아버지 시신이 걸려 있다.

(패륜아) 내가 장롱문을 열었을 때, 거기엔 처박힌 포르노 테이프 아버지 비디오 케이스 딸깍거립니다. 나는 딸깍딸깍 손톱을 깎습니다.

륜아　　　　우리가 헤어진 지 손톱 5mm의 시간이 지났어요.

쥐 소리. 륜아, 아버지 시신의 손톱을 깎는다.

(패륜아) 아버지 손톱을 먹은 쥐는 18센치 포르노 배우처럼 정열적인 아버지가 되면 좋겠습니다만.

륜아, 쥐에게 아버지 손톱을 먹인다. 아버지, 손톱쥐로 복제된다.

(패륜아) 아버지가 깨어나셨다. 아버지 숨소리. 아버지 첫 말씀.

복제남자24　회사 갔다 올게.

회사에서

회사의 옥상 흡연 장소. 하늘정원. 여자43 그리고 복제남자24가 있다. 담배를 피우고 있는 사람들.

복제남자24 담배 안 피잖아.

여자43 담배 펴요. 자주 안 피는데 가끔 필요할 때 펴요.

복제남자24 지금이 필요할 때인가 보네.

여자43 거의 안 펴요. 요즘은.

복제남자24 담배 없어?

여자43 당연히 없죠.

복제남자24 돗대야.

여자43 어머. (옆사람에게) 저 담배 한 대만 빌릴 수 있을까요?

옆사람 돗대야.

그 옆사람, 다가와 담배를 준다.

그옆사람 돗대야.

복제남자24 그래, 안피던 담배까지 피면서 할 얘기 뭐래. 왜 이래.

여자43 오랜만에 피니까 돌아요. (혀가 꼬인다) 선배님, 지내기는 어떠세요?

복제남자24 똑같지 뭐. 똑같아. 담배 맛 좋아. 이상하네. 똑같아.

여자43 똑같죠.

웅성거리던 사람들, 잠시 멈춘다. 긴 침묵. 다시 웅성거림.

여자43   아.

복제남자24   왜?

여자43   잠깐 이상했어요.

복제남자24   뭐가?

여자43   뭐였지.

복제남자24   뭐였는데?

여자43   처음 드는 기분이었는데.

복제남자24   이상하네.

여자43   이런 하늘 너무 좋아요. 저기로 뛰어들면 바람에랑 하늘에랑 흠뻑
          젖겠어요.

복제남자24   똑같아.

여자43   똑같죠. 항상 똑같죠. 선배님도 그렇게 느끼시죠.

복제남자24   똑같아.

여자43   선배님도 아시는 거죠. 적어도 지금 이 상태는 아니죠. 저한테 인
          간적으로 하고 싶은 말 뭐 없어요? 네? 네?

복제남자24   내가 요즘… 좀 그래.

여자43   좀 이상하긴 해요.

복제남자24   그렇지? 뭔가 달라졌어.

여자43   뭐가요?

복제남자24   내가 요즘 약간 달라졌어.

여자43   계절이 바뀌어서 그런가요.

복제남자24   아니야. 어떻게 설명할 수는 없는데 나 좀 달라졌어. 잘 보면 내 그
          림자가 조금 길어진 것도 같아.

여자43   선배님. 기억이 잘 안 나세요?

복제남자24   기억? 그래, 기억이…

여자43   마음도 뒤숭숭하고 그래요?

복제남자24 마음? 글쎄… 내 기억이나, 내 마음이…

사이

여자43 그 기획서 컨셉 다시 잡기로 했잖아요. 왜 안 하세요?

복제남자24 아.

여자43 선배님. 기억 안 나시면요 선배님 컴퓨터가 있잖아요. 거기 자료 다 있잖아요. 자료 없으면 백업파일이라도 뒤져 보세요. 거기 다 있잖아요. 저는요, 선배님이 선배님이 아니어도 상관없어요. 제가 처음부터 다 차근차근 알려 드리면 되죠.

사이

여자43 맞아요, 제가 선배보다 강박관념이 더 많은 것 같아요. 강박관념 이나 열정도 더 많아요. 그렇게 살아왔으니까. 선배님이 이런 나를 파이트 백 해야죠. 나를 이겨야죠. 나는 이 업무 말고 다른 업무도 하는데 선배님은 이 업무만 하잖아요. 이 업무에 관해서면 나보다 더 깊이가 있어야죠. 준비를 많이 해서 나를 논리 싸움에서 이겨야죠. 선배님 안이 더 좋으면 나는 선배님 안으로 가겠어요. 근데 선배님은 내 지적에 방어를 못 하잖아요. 선배님이 그만큼 준비가 부족한 거 아니에요.
저도 너무 바빠서 몸이 여러 개였으면 좋겠어요. 그러면 선배님 일도 더 찬찬히 도와드리고. 좋겠다. 몸이 여러 개면 하나는 일 시키고 하나는 여행 보내야지.

복제남자24 불평등해. 일하는 놈은 어쩌고.

여자43 네?

선배님, 선배님은 지금 승부수를 띄워야 할 것 같은데, 지금 이러면 저는 방법이 없어요. 못 하지 않겠어요. 제가 선배님하고 일 못 하면 어차피 윗사람이 알게 되고, 결과는 뻔하죠. 영원히 아웃이요. 선배님을 끌어올리지 못한 나도 책임이 있기 때문에 둘 다 위험해요. 선배님이 지금까지 누락된 거, 뒤처진 거, 상처받은 거 이해해요. 그거 지난 건 지난 거고, 선배님 이미 상당 부분 기회를 루징했기 때문에… 지금 같이 뛰지 않으면 답 안 나와요.

회장과 박상무, 이이사 흡연 장소를 지나간다.

회장   담배들 맛있나?

여자43   회장님.

회장   나도 한 대 줘 봐.

이이사, 회장에게 담뱃불을 붙여 준다.

회장   하던 얘기들 해.

복제남자24   네. 회장님.

사이.

회장   빨리빨리.

이이사   그 소문들 들었지요?

복제남자24   무슨.

여자43   네, 들었습니다. 끔찍합니다.

박상무   자꾸 왜들 이래.

| **이이사** | 상태는 어떻답니까? |

이이사 상태는 어떻답니까?

박상무 화상이 심해요. 하필 회사 주차장에서 자살 시도를. 회사로서는 온갖 조치를 다 취하는데, 왜 또 이런 일이 생기는 거야?

이이사 볼펜만 떨어져도 종이만 날려도…

회장 해결책을 내라고, 해결책.

박상무 그래서 제가, 자살하지 않겠다는 서약서를 직원 모두에게 받고 있습니다. 이름하여, '생명을 귀중하게 여기자.'

이이사 실추된 회사 이미지는 어쩝니까.

박상무 그건…

사이.

여자43 회사 이름의 자살 방지 재단을 만드는 겁니다. 이에 대한 연구와 개선을 위한 투자를 아낌없이 하는 걸로 회사의 이미지를 보완하면서 논의의 타겟을 대사회적인 문제로 전환하도록 하구요.

박상무 논점을 흐린다…

이이사 그래서.

여자43 한편, 곧 있을 신입사원 모집 요강에 저희 회사가 '매우 특별한 전문적인 인재를 지향한다'는 걸 대대적으로 알리는 겁니다.

이이사 매우 특별…

여자43 자살은 결국 고유한 나, 고유한 자기에 대한 갈망에서 비롯된 것일 테니까요. 바로 이 고유한 나에 대한 열망이 사회적으로는 '전문성 있는 개인'입니다. 누구와도 호환 불가능한 '전문성' 있는 개인들을 키워내는 회사다.

(남자25) 내가 장롱문을 열었을 때, 온종일 햇빛에 걸려 있던 이불과 요와 어린 나.

남자25, 하늘에서 떨어지고 있다.

이이사 무시무시하게 자기 계발하라는 얘기로 들립니다.
회장 해 봤어? 안 해 봤으면 말을 하지 마.

(남자25) 자는 거야? 자는 거야? 눈을 감고, 눈을 뜨고, 어둠을 멍하니. 멍하니. 어둠을. 어둠은 감은 눈 속에서도 적막한데.

박상무 (남자25를 올려보며) 저건 뭐야.
이이사 새인가 봅니다.
박상무 큰 새인가 보네.

(남자25) 얼마나 바라보면 어둠이 보일까. 멍하니 장롱 속 어둠을. 멍하니. 꿈결처럼.

회장 어째 나는 것 같지가 않아.
박상무 공중에 걸렸네요.

사이. 여자43 넋을 잃고 하늘을 본다.

(남자25) 나무들이 둥치로 땅을 밀어 버티던 그 시절, 거짓말처럼 나비가 날으고, 갓 태어난 병아리 날개에서 깃털이 돋고, 소리 내고 침묵하고

이이사 회장님, 시간이.
회장 그래, 가자. (여자43에게) 설명을 더 해 봐라. (여자43 따라 나간다)

(남자25) 흔들리고 떨어지고 피어나고 날고 먹히고 나거나 죽는 일로 온 하루가 채워지고. 나거나 죽는 일로 온 하루가 채워지고.

우리 집은 저 스위처랜드 맑은 호숫가. 우리 집은 저 스위처랜드 맑은 호숫가. 야호 트랄랄랄랄라 야호 트랄랄랄랄라.

(남자25) 나는 잠시 나무를 기억하는 장롱 꿈 꾼다.

남자25 떨어진다. 그 주변으로 '생명 존중 서약서'가 날린다.

복제남자24 사뿐히 내려앉아라, 사뿐히.

남자25 땅에 박살 난다.

서울역에서

노숙자들이 하나둘, 복제남자24 곁에 와서 서거나 앉는다. 노숙자들 사이에 남자24가
보인다.

복제남자24 바닥이 차.

사이.

남자24 시간. 시간. 놓친 거 같애. 몇 시예요.

복제남자24 3시 15분이요.

남자24 3시 15분 맞죠.

복제남자24 네.

노숙자2 바뻐. 뭐 그렇게 바뻐.

노숙자3 (노숙자2에게) 시끄러 등신아.

노숙자2 어디 가. 어디 가.

노숙자3 (노숙자2에게) 좆이나 까잡숴.

남자24 (복제남자24에게) 몇 시예요?

복제남자24 3시 17분요.

남자24 2분이나 갔어. 저기요. 기차 타 봤어요?

복제남자24 네.

남자24 우와.

복제남자24 좋아요.

남자24 우와.

노숙자2 어디 가게?

노숙자3 어디 가냐고? 몰라. (싸우는 노숙자2와 3)

왜 그려. 나와. 내 자리야. 야, 데려가.

알았어. 미안해.

복제남자24　기차 안 타 봤어요? 사는 데가 서울역인데.

남자24　타 봤어요.

복제남자24　안 타 봤구나.

남자24　대전 가 봤어요?

복제남자24　네.

　　노숙자2　대전 가면 러시아 사람 있어? 러시아 사람이 거기 있냐. 일본 사람이 있지. 장가 가게?

　　노숙자3　왜 이래, 참.

남자24　은행 있어요?

복제남자24　네.

　　노숙자2　커피도 있어?

복제남자24　네.

남자24　대전 가서 러시아 사람이랑 은행도 가고 커피도 마시고… 대전에 절 있나? 큰 절, 작은 절 다 있나? 대전 좋은가? 대전 좋은가?

　　노숙자2　저런 놈도 갈 데 있는데 난 갈 데가 없네.

　　노숙자3　담배 있냐? 담배 펴도 돼? 이 새끼 대답을 안 해. 무시하는 거야?

남자24　몇 시예요?

　　노숙자2　똑같은 말을 몇 번이나 해.

　　노숙자3　너나 잘해.

복제남자24　3시 20분요. 지금 가야 돼요.

남자24　여기 뭐 하러 왔어요?

복제남자24　…쉴라고요.

남자24　　나도 쉴라고요. 기차 탈 때는 표를 들고 두리번두리번 그래야 멋

있어.

　　　　　　　노숙자2　　이거 먹어도 돼?

남자24　　기차간마다 문이 열리고 닫히고 열리고 닫히고

　　　　　　　노숙자2　　이거 먹어도 되냐고. 양잿물 탔어? 안 탔

어? 먹었다.

　　　　　　　노숙자3　　죽도 않냐. 죽도 않애.

남자24　　나는 대전에 가까이 가는 거야. 대전에.

복제남자24　나도 갈까. 대전.

남자24　　점점 3시 30분이다.

복제남자24　가야 돼요. 차 놓쳐요. 대전 간다면서요. 지금 여기 있으면 안 돼

요. 놓친다. 놓쳤네. 대전 갔네.

　　　　　　　노숙자1　　시발새끼. …나 없는데 재밌냐, 이 새끼

야? 너 때문에 씨발 내가 못 간 거야. 씨

발. 이게 다 너 때문이야. 씨발.

　　　　　　　노숙자3　　야, 코 풀면서 울어. 코 먹지 마.

남자24　　4시 5분에 부산 가야겠다. 부산 가면은 부산에 산 있나요?

복제남자24　예.

남자24　　어떤 산 있지?

복제남자24　여기 좋은데 그냥 여기 살아요.

남자24　　높고 푸르고 시원하고. 추워. 산 가야지.

사이. 복제남자24와 남자24 마주 본다. 복제남자24, 불현듯 무언가를 깨달은 듯이 노숙

자들을 둘러본다. 다시 남자24를 보고 자신을 본다. 그는 점점 충격에 휩싸인다.

미친사람　　여기 가려면 여기 이렇게 해서, 이렇게 이렇게…

장롱 속 세상

거대한 소리와 함께 장롱문이 열린다.

장롱문 밖에 륜아가 서 있는 것이 보인다. 륜아가 장롱 안으로 들어온다.

쥐 소리.

륜아　　　　아빠, 전 뭘 해야 될지 모르겠어요.

복제남자24　손톱쥐 이야기라고 있어. 손톱을 계속 깎겠지.

륜아　　　　무슨 맛이지?

복제남자24　남들 하는 거 다 해야지.

복제남자24, 자신의 배를 찌른다.

륜아　　　　지루하시죠?

륜아, 복제남자24의 손톱을 깎는다. 쥐 소리 점점 커진다.

죽어 가는 복제남자24.

륜아에 의해 다시 복제되는 남자24.

서서히 어두워진다.

아기를 가진 포르노

(포르노) 내가 장롱문을 열었을 때,

컴컴한 저 너머 새근새근 숨소리. 아기가 자라고 있어.

세상이 이럼에도 아이를 낳지. 낳는 일도 죽는 일만큼 신기하고 겁나. 그리고 아가, 태어나는 일도.

아기가 생기기 전 세상은 포르노였는데, 아기가 생기고 나서의 세상은 *SF*야. 내 배 속엔 아기를 텔레포트하는 장치가 있어. 아기는 우주 저 너머로부터 지구로 오기 위해 아홉 달 걸려 천천히 텔레포트 중이야. 제품에 하자가 없다면 35주 후 아기는 무사히 지구로 안착하는 거지. 지금은 7주째.

아기 심장은 애벌레처럼 헐떡이지.

장롱문 안쪽, 아무도 아기를 볼 수 없어. 거기엔 심장 소리 말고 아무런 소리 없어. 아무도 보지 않아. 아무도 보지 않고 듣지 않는 풍경. 아무도. 핏빛 짙은 살덩이 안에서 아기는 고요하게 세포 분열 중이야. 세포 분열. 느리지만 멈추지 않아. 느리지만 멈추지 않아. 멈추지 마라. 멈추지 마.

에필로그

비가 온다. 빗소리.

기자　　비가 오네요.

안티노리　　얼마 만인지.

빗소리.

기자　　그 아이는 비를 좋아하나요?

안티노리　　누구요?

기자　　이브 말입니다.

안티노리　　그런 것 같습니다.

기자　　음식은 뭘 잘 먹습니까?

안티노리　　글쎄요. 별로 가리는 것 없이 먹는 거 같아요.

기자　　정말이라면 증거가 필요해요, 교수님. 그 가족은 어디서 살고 있죠? 아이들은 자기가 복제 인간이라는 걸 알고 있나요?

안티노리　　한 가족을 지키는 일이 얼마나 어려운지 알잖아요. 이미 이 나라나 이 사회는 하중을 한 가족에 죄다 떠맡기고 있어요. 가족이 없다는 건 무능하다는 거고, 가족이 없다는 건 세상과 아무 연결 고리가 없다는 거고. 어떻게 가족 없이 살란 말이죠? 헌데 가족을 이루는 일도, 유지하는 일도 점점 더 어려워져요. 나는 그저 국가도 사회도 방치하고 있는 그걸 돕는 겁니다.

기자　　복제는 수많은 윤리적 문제를 안고 있습니다. 뉴욕 컬럼비아대학의 생물학자인 에릭 숀(Eric Schon)은 아기의 복제는 양심상 가책을 받는 일이라고 했습니다. 왜냐하면 실패한 24명의 죽은 태아가 쓰레기통에 버려지기 때문이죠.

안티노리   그건 우스꽝스러운 주장입니다. 시험관에서도 그 같은 일이 세계에서 매일 발생하고 있습니다. 실패할 경우 태아는 계속 버려질 것입니다.

기자   만일 복제된 태아가 기형이라는 사실을 삼사 개월 뒤에 알게 된다면…

안티노리   …낙태시키죠. 그건 다른 태아의 경우에도 그렇게 합니다.

기자   교수님께서는 가톨릭 신자로서 예전에 낙태를 종족 살해로 규정하지 않았던가요.

안티노리   이건 약간 다른 경우라는 점을 유념해 주세요. 여기서 중요한 것은 임상치료라는 것입니다. 많은 사람들이 아이를 원하지 않는다는 이유로 건강한 아이를 낙태하지만, 복제에서는 아무도 살해되지 않아요.

기자   교수님은 복제로 엄청난 위험을 동반할 수 있습니다.

안티노리   조심하는 것이 나의 과제입니다. 이 프로그램의 책임자로서 나는 이 점을 너무나 잘 알고 있습니다.

기자   하지만 자신이 한 인간의 완전한 복제품이라는 인식을 스스로 극복한다는 것은 너무나 가혹한 일이죠.

안티노리   많은 사람들이 자기 아버지의 복제품이기를 원합니다.

기자   교수님은 가톨릭 신자이고, 교수님의 실험은 바티칸 바로 가까이서 이루어지고 있습니다. 교수님은 신앙과의 갈등으로 고민하지 않으십니까?

논쟁은 계속된다. 서서히 어두워진다.

막

2011년 作

아침
Blackout

나오는 이들

H   피아노 조율사, 전직 파병 군인

민   배우이자 박물관 경비, 이지혜의 애인이자 유부남

이지혜   극장에서 아르바이트하고 있다, 20대 후반 여자

노숙자   극장을 배회하는 부랑자

군인2   극중극 〈잊혀진 부대〉 민의 상대역

정   50대 여자

노인   (노숙자 역의 배우가 연기한다)

프롤로그

그랜드 피아노 한 대가 놓여 있다.

바람 소리. 연주자 없이 피아노에서 소리가 난다.

뚜껑이 열리더니 노숙자가 기어 나온다.

노숙자　　나 안 보이지? 나한테 말 걸지 마요. 나 없어요. 나 여기 없어요.

바람 소리. 피아노 울린다. 노숙자, 바람 소리에 맞춰 피아노를 친다.

노숙자　　밖에 추워. 무지 무지 추워.

　　　　　　그때 그 바람 소리. (피아노를 친다) 만주 벌판 포로수용소에서,

　　　　　　(제 머리를 때린다) 아니야, 아니야. 이 바람이야.

바람 소리. 피아노 울린다. 노숙자, 바람 소리에 맞춰 피아노를 친다.

노숙자　　이 바닷바람. 그때 어렸는데. 바다를 건너는데 선박 난간이 높아

　　　　　　서 바다기 하나도 안 보였지. 냄새만 가득 났어. 찝찔한 바다 냄

　　　　　　새.

　　　　　　문신이요, 그때 큰누이가 울면서 먹물로 새겨 줬어요. 누이도 울

　　　　　　고 나도 울고 여긴 피 나고 식은땀 범벅 져서 누이 품에 안겨 있는

　　　　　　데, 그때 건넜던 바다 냄새, 이 찝찔한 (피아노를 친다) 바다 냄새.

　　　　　　(문신을 설명한다) 집안 성 안(安)가, 태극기 한 쌍, 이건 1919년

　　　　　　모월 모일, …지워졌어. 그럴 수도 있지. 빠드 류보뷰 이수사 흐리

스따.[1] 그리스도의 사랑 아래에서. 누이가 교회를 다녔어요. 너무너무 중요해서 니가 어려도 잊어버리면 안 된다고 문신을 새기는데 어린 나는 아파 죽겠네 아파 죽겠네.

바람 소리. 피아노 울린다. 노숙자, 바람 소리에 맞춰 피아노를 친다.

노숙자 이 바람 소리. 만주 벌판 포로수용소에서, 중일 전쟁 때야. 동상 걸린 신체 해부 실습을 시킬 거라는 소문을 발바닥만 한 창 너머로 들었거든. 바람 소리랑 같이 들었거든. 개머리판에 짓이겨진 발가락이 동상에 덧나 썩는 걸 보고 도망쳤지. 온 벌판을 헤집다가 이 발꼬락 사이로 파고드는 바람. 얼음 품은 바람. (피아노를 친다) 그때 뛰쳐나간 방향이 집하고 아주 그만 멀어지는 쪽이었나 봐. 참 추웠어. 쫓길 때도 방향을 잘 잡아야 하는데. 어후, 국경을 몇 개나 넘은 거니.
(피아노를 친다) 이 바람 소리. 정글에서 비 쏟아지기 전 잎사귀들도 숨죽이는 그때 그 바람. 불지 않는 바람. 없는 바람.

엉터리로 피아노 치면서, 노래한다.

우리는 꺾었네, 한 다발 히스꽃을
그대 기억해 주오, 가을은 이미 죽었네
가을은 죽었네, 그대 기억해 주오
가을은 죽었네, 이미 죽었네
우리 둘은 이제 만날 수 없네

---

1) 그리스도의 사랑 아래에서. 러시아어.

이승에서는…[2]

바람 소리. 피아노 울린다.

노숙자　　또… (피아노를 친다) 또… (쿵쿵거린다) 이 군내는 변하지도 않지. 죽음. (쿵쿵거린다) 극장 안에서 불어 나오는 바람. 가방 안을 굽어보던 그 여자 귓가를 맴돌던 바람. 지금 부는 바람. 이제 마악 부는 바람.

바람 소리. 피아노 울린다.

노숙자　　여긴 참 좋아. 밖엔 진짜 추워.

---

2) 베트남 노래 〈죽은 가을〉.

1. 극장 로비에서

극장 로비다. 극장으로 통하는 문이 보인다. 극장 안에서는 현재 연극이 진행 중이다. 극장 안에서 들려오는 소리들. 로비에는 연극 〈잊혀진 부대〉 포스터.

하우스 스태프 이지혜, 가방 안을 들여다보고 있다.

극장 안을 기웃거리며 노숙자가 로비에 얼쩡댄다.

노숙자   그게 그러니까 꿈이었는가 옛날이었는가. 거기서 헷갈려요… 안수명 알아? 안수명 몰라? 안중근 알아? 같은 '안'가잖아. 안수명.[3] 안중근. 친척이야. 먼 친척인 줄 알았는데 그치도 않았나 봐. 그때 어렸는데. 요만했지. 바다를 건너는데,

이지혜   조금만 저쪽 가서 말씀하세요. 지금 조용한 장면이라 안에 다 들려요.

노숙자   저쪽 가면 더 크게 말해야 하는데?

노숙자, 이지혜의 주위를 끌기 위해 가방을 당긴다. 가방끈이 끊어진다.

이지혜   아저씨, (자신의 가방을 감싸며) 아저씨.

사이.

---

3) 안수명은 영웅 안중근의 먼 일가로 일제에 끌려갔다가 베트남까지 표류하며 유랑의 일생을 보냈다. 그의 마지막 흔적은 베트남 전쟁 사이공 함락 때 한국 대사관에서 찾을 수 있다. 그는 당시 대사관 수위로 마지막까지 남았다. (『사이공 최후의 표정 컬러로 찍어라』(안병찬 지음, 커뮤니케이션북스, 2005년) 참조) 이후 그의 삶의 흔적을 찾기는 어렵다. 이 작품에서 안수명은 위 사실에 기반한 작가의 상상임을 밝혀 둔다.

이지혜	오늘 다른 데서 자요.
노숙자	다시는 안 그럴게.
이지혜	내일 비번이라 극장 문 못 따 줘요.
노숙자	그럼, 내일은 여기서 자도 돼?
이지혜	봐서요.
노숙자	모레는 여기서 자도 돼?
이지혜	알았다니까요.

H, 극장 문을 열고 나온다. 비틀거리며 극장 로비 의자에 앉는다. 한쪽에 안대를 하고 있다.

이지혜	(H에게) 중간에 나오면 못 들어가세요.
H	아니에요.
이지혜	이제 못 들어가세요.

H, 말이 없다. 이지혜, 자기 자리로 간다. 이지혜, 가방 안을 들여다본다. H, 숨을 몰아쉰다.

노숙자, 극장 문에 귀를 댄다.

| 이지혜 | (H에게) 어디 불편하세요? |
| 노숙자 | 쉿. |

사이.

| 이지혜 | (H에게) 재미없죠. |
| 노숙자 | 쉿. |

사이.

이지혜 전에도 이맘때쯤 나오셨죠. 사십오 분 무렵, 병사가 자살할 때. 안
대가 기억나요. (약간 피하며) 옳아요?

H 눈병 아니에요.

노숙자 나는? 나는 기억 안 나요?

이지혜 요다음 장면은 신나요.

H 전쟁 얘기에 취미가 없어서.

이지혜 왜요? 남자분들 전쟁 얘기 좋아하잖아요.

H 막상 겪어 보면 재미없죠.

이지혜 눈병 아니고, 그… 부상이구나. 전쟁 나가서,

노숙자 참전.

이지혜 참전?

H 뭐.

사이.

이지혜 병사들이 길을 잃어요.

H 길 잃었어요.

이지혜 네?

H 길을 잃었다고요.

이지혜 벌써요? 뱅글뱅글 돌아요? 계속 같은 길 나오고?

H 네, 그랬어요.

이지혜 오늘은 딴 날보다 빠르네. 그럼 키 작은 병사는요?

H …죽었어요.

이지혜   그럼 지금 시체 파묻어요?

H   네.

이지혜   시체 파묻는 게 짱이죠.

극장 안에서, 공연 소음 들린다. 이지혜, 가방을 들여다본다.

H   (기웃거리는 노숙자를 가리키며) 저 양반 잘 봐야 하는 거 아닌
            가?

이지혜   (노숙자에게) 아저씨, 쉿.

사이.

이지혜   피아노 조율은 얼마에 한 번씩 하는 거예요?

H   아… 이 극장 피아노 소리가 자주 틀어져요.

노숙자   쉿. 쉿. 쉿.

이지혜   이른 새벽이나 늦은 밤에 조율하시잖아요.

H   그때 소리가 잘 잡혀요.

이지혜   밤늦게나 이른 아침에나. 경비 아저씨들 원성이 자자해요.

H   그렇군요.

이지혜   피아노 조율사는 얼마 벌어요?

H   사람마다 다르죠.

이지혜   조율사님은요?

H   많이 벌어요.

이지혜   얼마나요?

H   잘 벌어요.

이지혜   얼마나 공부하면 자격증 딸 수 있어요? 6개월? 1년? 그거 어려워

요?

H   …가방 안을 왜 봐요?

이지혜   네?

노숙자   (극장 문에 귀를 대고 있다. 노래를 흥얼거린다.)

H   가방 안에 뭐 있어요? 뭘 그렇게 봐요?

이지혜   그냥…

H   우리 딸이 꼭 그러던데.

이지혜   몇 살인데요?

H   살았으면… 그래도 언니뻘이에요.

사이.

노숙자   (극장 문에 귀를 대고 있다) 조국은 우리를 기억할까요? / 묘비가
          기억하겠지. / 박 중위님, 여기는 꼭 살아 있는 괴물 같습니다. 내
          가 죽어 조국이 날 잊는 게 나을까요? 내가 살아 여기를 못 잊는
          게 나을까요? / 살아, 살아서 영광만 기억해.

이지혜   뭐야, 이제 죽잖아. 거짓말한 거예요?

노숙자   (극장 문에 귀를 대고 있다) 두다다다다다. 적이다. 아닙니다,
          어린앱니다. 쌍, 다 적이야. 애고 기집이고 기어 나오면 다 갈겨 버
          려.

H   나 아는 누구하고 닮았어요.

이지혜   어머, 뺀하시다. (사이) 누구요? …따님요?

노숙자   (로비를 휘저으며) 부수어, 부수어 버리리라. 시간의 짱돌을 맞아
          고장 나라, 기억들아.

극장에서 들려오는 긴 비명 소리. 이어 장중한 음악이 들려온다.

H   본디 직원이면 연극을 잘 보나 봐요.

이지혜   글쎄요… 아는 사람이 나와요.

H   애인.

이지혜   아니요. 유부남인 걸요.

H   유부남 애인.

이지혜, 키득거린다.

암전.

2. 횡단보도에서

H, 멀리서 지켜본다.

이지혜, 서성거리다가 맞은편을 보더니 씨익 웃는다. 손짓한다. 고개를 젓는다. 다시, 손짓
한다.

파란불로 바뀌자 민 건너온다.

이지혜	어디로 갈까?
민	금방 들어가야 돼. 교대 시간이라 잠깐 나온 거야.
이지혜	아. 그럼, 여기 서서?
민	저기 앉을까?

횡단보도 앞 차량 진입 방지용 난간에 어정쩡하게 걸터 선다.

파란불로 바뀐다. 건너오고 건너가는 사람들.

차 지나가는 소리.

이지혜	이번에 면접 보는 데는 왠지 잘될 거 같아.
민	잘됐네.
이지혜	응.
민	정말 잘됐어.
이지혜	응.
민	추워지네. 어째 갈수록 겨울이 추워져.
이지혜	그래도 안에 있으면 괜찮잖아.
민	어느 안?

이지혜　　아, 그런가.

민　　무대 위는 항상 뜨거워.

이지혜　　열정 때문에.

민　　조명 때문에. 박물관은 적정 온도와 습도가 유지되지. 물건이 상하면 안 되니까.

이지혜　　산 사람이 오래된 물건만 못한 거야.

민　　그렇다는 거지 뭐.

이지혜　　어디가 더 좋아?

민　　더 좋고 말고 할 게 있나. 하나는 밥을 주고, 하나는…

사이. 커다란 트럭이 지나가면서 굉음을 낸다.

오른편에서 하염없이 느리게 노숙자가 걷는다.

민　　저 노숙자 너 따라다니나 봐.

이지혜　　걱정돼?

사이. 차 지나는 소리.

민　　어젠 좀 잤어?

이지혜　　철거를 밤새 해.

사이

이지혜　　하루 종일 돌 깨는 소리가 들려.

사이.

민   너… 너… 또 꿈꾼 얘기 하려구 그런다.

이지혜   가방 하나 봤는데 새파란 가방이었는데 이번 주까지만 12개월 무
       이자 할부로 해 준대. 더 굉장한 거… 5프로 디스카운트. 절대 세
       일 안 하는 브랜든데.

민   살까, 말까, 살까, 말까,

이지혜   살까, 말까,

민   가방 있잖아.

이지혜   응.

민   그런데 뭘.

이지혜   여기 여기 주머니 있어서 딱 지갑 꺼내기 좋고. 내가 남들보다 팔
       이 좀 길잖아. 길이가 얼추 맞아. 큼직하니 크기도 좋고. 소가죽이
       야. 오래 써서 색이 바래면 더 근사할 텐데.

민   사겠네.

이지혜   사면 안 되는데.

민   사겠는데.

이지혜   사면 안 돼. 큰일 나.

민   살 거 같은데.

이지혜   안 돼.

민   살걸.

이지혜   보통 이러다가 사디? 안 사디?

민   글쎄.

이지혜   살까?

민   글쎄.

이지혜   말까?

민   …

이지혜　　살까?

민　　…

이지혜　　에이, 안 돼.

민　　그래, 말어.

이지혜　　그래, 말어.

민　　점점

이지혜　　점점

민　　얼래?

이지혜　　얼래?

민　　따라 하지 마.

이지혜　　따라 하지 마.

사이.

민　　너 점점

이지혜　　너 점점

민　　뭐랄까.

이지혜　　뭐랄까.

민　　점점

이지혜　　점점

민　　점… 점…

사이. 파란불로 바뀌자 횡단보도를 건너는 사람들.

사이. 차 지나는 소리.

이지혜　　여기 신호등 바뀌는 간격 불규칙하지 않아?

사이.

이지혜　　불규칙하다. 왜 규칙적일 거라고 생각했지?

사이. 차 지나는 소리.

노숙자 차 지나는 소음에 거의 들리지 않는데 뭔가를 열심히 말하고 있다.

노숙자　　나도 짝사랑 두 번 해 봤다.

사이. 파란불로 바뀌자 횡단보도를 건너는 사람들.

민　　　　병원엔 가 봤어?

이지혜　　어제.

민　　　　치료받아야지.

이지혜　　…됐어. 마음먹고 나니까 벌써 좋아져.

민　　　　돈 때문에 그래?

사이.

이지혜　　살까, 말까. 사면 큰일 나겠지.

민　　　　취직하면 사.

이지혜　　그땐 세일 끝나지. 전에 다 팔릴걸.

민　　　　다들 돈 많어.

이지혜　　이번 면접 느낌이 좋아. 무이자 할부야. 지금 극장 알바하는 거 보

　　　　　　태고 우리 만나는 거 집에서 밥 먹고 그러면 첫 달 월급 나올 때까

지 어떻게 해 볼 수 있어.

민　　웬 첫 달 월급?

이지혜　　느낌이 좋대두.

민　　그래, 사라.

이지혜　　정말?

민　　사.

이지혜　　정말?

민　　사.

이지혜　　너랑 나는 맞지 않는 거야.

민　　…그래.

이지혜　　이럴 땐 헤어져야 하잖아.

민　　…그래.

이지혜　　우리 헤어지자.

민　　…

이지혜　　정말이야.

민　　…그래.

이지혜　　이 말 하길 기다린 거야?

민　　…아니야.

사이.

이지혜　　미안.

사이.

이지혜　　길 가는데 웬 병아리 한 마리가 쫓아오데. 어제. 퇴근할 때. 손을 이렇게 내밀었더니 손바닥 위에 올라앉는 거야. 언제 봤다고. 기분이 안 좋아.

민　　　(사이) 넌.

트럭, 굉음 소리 내면서 지나간다.

파란불. 사람들 건넌다.

민　　　뭐라고?

이지혜　　오늘 연기 잘하라고. (사이) 어젠 특히 그 장면 아주 좋던데.

민　　　감이 좀 오더라.

이지혜　　그 섹스 정말 같았어.

민　　　섹스라니. 그게 무슨.

이지혜　　연기 좋던데.

민　　　놀리지 마. 잘 팔리는 새끼랑 더블 캐스팅 한다고 했을 때 말았어야 했는데 미쳤지. 왜 안 말렸냐.

이지혜　　안 말렸나?

민　　　너도 개 연기랑 나 비교하지.

이지혜　　비교하는 건 아니야. 그냥 다른 거지. (사이) 너는 비교하나 보지?

민　　　뭘?

이지혜　　니 부인이랑 나랑.

민　　　그건 다르지.

이지혜　　그건 다르지.

사이.

민　　　엊그제 공연 봤어?

이지혜   봤던가.

민   목 졸라 죽이는데 발을 잘못 놔서 자세가 안 나오는 거라. 이렇게
        고개를 한 번 들었다가 다시 자세를 잡았거든.

이지혜   아, 봤어.

민   봤지? 살아 있는 것 같았어. 정말 죽이고 싶어지더라. 근데, 하필
        그날 촬영이 빵꾸 났다고 그 새끼가 공연을 본 거라. 다음 날부터
        그걸 하네. 씨발, 내 건데.

이지혜   좀 다르던데.

민   그래. 다르지. 걔가 하면 상처받은 애국잔데 내가 하면 봉천동
        양아치지. 걔 형이 전쟁에 나가 있대. 이거 저거 물어보고 그랬나
        봐. 아무래도 현장감 있을 거 아니야. 나도 그런 걸 해야 하는 거
        아냐.

이지혜   나 참전 용사 만났다.

민   거짓말.

이지혜   나한테 마음 있는 거 같던데.

민   누군데? 응?

이지혜   그럼, 내일 집으로 올 거야?

민   …

이지혜   나 직장 잡을 때까지만 이러자. 손해 보는 거 없잖아.

민   …

이지혜   그 참전 용사 너네 공연 피아노 조율사래.

민   피아노 조율사? 그 애꾸눈?

빨간불로 바뀐다. 노숙자 건넌다. 자동차 급브레이크 소리와 욕설들.

트럭들과 버스들, 자동차들 연달아 폭음을 내며 지나간다.

3. 이지혜

이지혜의 집. 반지하. 높은 창.

이지혜. 잠을 청하느라 누워 있다. 병아리 박스가 보인다.

병아리가 심하게 울어댄다. 목청 높여 삐약삐약 삐약삐약 삐약삐약삐약삐약.

이지혜, 귀를 막아 본다. 병아리한테 수건을 둘러 준다. 소리가 약해진다. 멀리서 고양이 우는 소리 들린다.

병아리가 심하게 울어댄다. 목청 높여 삐약삐약 삐약삐약 삐약삐약삐약삐약.

좀더 가까워진 고양이 우는 소리.

이지혜 창문을 연다. 고양이 우는 소리 흉내로 고양이를 쫓는다. 한동안.

공사 중 돌 깨는 소리 들려오기 시작한다. 점점 가까워진다.

이지혜 창문을 닫는다. 방음이 안 된다. 이지혜 잠을 이루지 못한다.

이지혜, 가방을 들여다본다.

4. H와 민

민이 H의 집에 찾아왔다. H는 문을 열었고 민이 마악 문 앞에서 들어섰다.

H는 조율을 하는 중이었고, 안대를 풀고 있다. 조율을 할 때 안대를 푸는 게 습관이다.

H　　　아, 그래.

민　　　네? (사이) 아, 아, 안녕하셨어요, 선생님?

민, H의 눈 한쪽을 보고 정신이 나갔다. H, 급하게 안대를 한다.

H　　　누…구?

민　　　아… 절 아시는가 했는데, 아니죠? 알아보시겠어요? 아니구나.

H　　　아, 그게.

민　　　제가 좀 흔하게 생겨서요.

H　　　아녜요. 그런 거.

민　　　그게 문제예요. 배운데. 잠깐 절 아시는가 했어요. 배우들은 잘 처
　　　　신해야 하거든요. 절 아는데 전 모르는 때가 많아서. 빛이 이렇게
　　　　외서 뵈는 세 없거든요. 근데, 관객들은 자기가 보이는 줄 아나 봐
　　　　요. 제가 뭐 대단하다는 게 아니라요. 절대 그런 소리 아니구요.
　　　　무대감독 통해서 선생님 주소를… 죄송합니다. 극장에서 제 친구
　　　　가 선생님을 뵀는데…

H　　　친구?

민　　　극장에서 아르바이트하는… 그 여자…

H　　　아. 그 여자분…

민   네. 그 여자분… 지혜가…

H   지혜?

민   이지혜요.

H   이지혜.

민, 어기적 밀고 들어온다.

민   집이 와아… 근사합니다. 연극은 어떠셨어요?

H   네, 뭐.

민   별로셨구나.

H   워낙 문외한이라.

민   별로죠? 별로셨을 거예요. …별로셨구나.

H   아니, 뭐.

민   아무래도, 선생님은 실제로 경험하셨는데, 이건 뭐, 진짜가 아니
        잖아요. 왜 그런 거요, 꿈꾸고 나서 말로 풀려면 잘 안 되잖아요.
        그런 기분 아닐까. 아닌가요? 아니구나. 그래도, 뭐… 남의 이야기
        같고 그러지 않을까 짐작했어요. 자주 꾸는 악몽이, 제가 연기하
        는 걸 객석에서 봐야 하는 거예요. 죽겠죠. 나가고 싶은데, 좌우로
        관객이 꽉꽉 들어차 무대를 노려보고. 제가 별소릴 다 하죠.
        (H의 안대를 향해) 그 눈. 그러니까, 그 눈이… 전쟁에서…

H   (말이 없다)

민   피아노가 오래됐나 봐요. 연주하세요?

H   조율 중이에요. 딸애 거요.

민   아, 조율. 피아노 조율사니까. 알아요. 그게 가끔 해 주죠. 기타 조
        율은 매번 하는데 피아노는 가끔 하죠.

H   반년에 한 번씩.

민	그게 오늘이네요. 반년에 한 번.

H	매일 해요. 가급적이면.

민	네?

H	가급적이면.

민	매일요. 기타처럼. (사이) 따님이 민감하시구나.

H	딸은 죽었고, 아내는 이혼했어요.

민	…아. (사이) 아, 네. 저. 그게. 저.

사이.

H	제가 민감한 편이라 피아노 조율을 자주 해요.

민	어쩐지.

H	실은, 연극이요. 몇 번 보다가 중간에 나왔어요. 몸이 안 좋아서.

민	저런. 괜찮습니다.

H	미안해서 어쩌죠.

민	아니에요, 선생님.

H	미안해요. 내가,

민	아니요, 선생님. 실은 다 안 보신 거 알아요.

H	아.

민	매사 그래요. 잘 안 속아져요. 못 속아요. 대충 넘어가고 믿고 그게 속 편한데 운명인지 팔잔지. 기가 허하면 의심이 많다네요. 기가 허한 체질이래요. 제가 좀 기가 허하죠. 의심 많고. 잘 안 속고. 기가 허해서… 선생님, 그래서 말씀인데요, 이 연극에서 좀 안 풀리는 데가 있어요. 그게… (사이) 선생님 거기 계셨잖아요. 그죠?

H	그랬죠.

민	그죠. (사이) 어떠셨어요? (사이) 아마 다를 거예요. 그죠?

H   그랬죠.

민   얼마나 계셨어요?

H   4년 3개월.

민   되게 무서웠을 거 같아요.

H   무섭지는 않아요.

민   그러면요?

H   전우들 생각이 나죠. (과거가 떠오르는 듯 웃음) 막상 거기 있으
면 또 그냥 있게 돼요. 그런 게 생활이니까.

민   시체는요, 시체 보신 적도 없구요?

H   시체야, 워낙 시체 끌고 다니죠. 어딜 가나 죽은 사람들이 있죠. 어
쨌든 전쟁이니까.

민   거기 다녀온 거 후회한 적 없으세요?

H   누군가는 갔어야죠. …그 덕에 자리 잡아 딸 키우고 잘 가르쳤으
니까.

민   아. 예. …저, 선생님. 따님한테도 전쟁 얘기 해 주고 그러셨겠어요.
막 무용담 같은 거.

H   뭐 굳이 그럴 일이 없었어요. 잊어버릴 때가 많았죠. 한창 다들 바
쁘게 살았으니까. (사이) 불과 수십 년 전 일인데 전생 같네요. 여
기선 그때 얘기 잘 안 하죠. 여기서 있었던 일도 아니고. 한참들 일
할 나이였으니까.

민   아. 예… 훈장이네요. 공을 세우셨나 봐요. 그럼, 전투에서,

H   이겼죠. 진 적이 없어요. 일할 맛 났어요. 딸애가 수재였어요. 피아
노를 치고 싶어 했는데 머리가 아까워서 공부시켰어요. 판검사쯤
은 문제없을 거였죠.

（민에게) 피아노에 팔 올리지 말아요.

민   이런, 죄송합니다.

사이.

H   보지도 않고 뭘 말하겠어요. 공연 보고 연락드리죠.
민   아… 아… 그게 낫겠죠. (웃음) 그러면 다음에… 네. 네.

암전.

5. 불 꺼진 무대에서

불 꺼진 무대에서. 야릇한 신음 소리 들린다.

연극 〈잊혀진 부대〉의 불 없는 세트 위에서 이지혜와 민이 정사를 벌이고 있다.

어둠 속 객석에서 H, 이 둘을 보고 있다.

이지혜　　대사를 해야지.

민　　(연극 〈잊혀진 부대〉의 대사를 한다) 눈 감아. 눈 감아. 예쁜 눈 감아요.

이지혜　　다음. 계속해.

민　　(대사를 한다) 나쁜 놈 아니에요. 보지 마. 눈 감으라니까. 이거 나쁜 짓 아니에요. 그쵸? 지금 당신도 좋죠? 좋은 거죠? 아까 나 보고 웃었잖아요. 마음이 설렜단 말이에요. 그래서 지금 우리 정분 난 거예요. 그쵸?

절정. 사이.

이지혜　　좋았어?

민　　너무 좋아.

이지혜　　진짜?

민　　자기야. 너 때문에 미치겠어.

사이.

이지혜 관객 앞에서 할 때는 어때?

민 뭐?

이지혜 관객 앞이라고 실제로 섹스하진 않잖아, 그치?

민 …당연하지.

이지혜 근데 흥분하잖아.

민 연기하니까.

이지혜 막 흥분하다가 진짜 흥분하기도 해?

민 응?

이지혜 진짜 흥분해서, 사정하기도 해?

민 사…정…?

이지혜 사정(射精)하는 건 연기하는 너야, 아니면, 너야?

민 그런 거 아니야. 연기잖아. 연기는 연기지.

이지혜 어제 분장실에서 빤스 빨더만, 손으로, 이렇게 박박. 사정하는 건 너지?

사이.

민 잠깐만.

이지혜 어디 가는데. 어? 어디 가. (사이) 어딨어? 장난치지 마 겁주려구? 그래 봐라.

오랜 침묵. 암흑 속을 향해.

이지혜 그러지 마. 그러지 마. 안 그럴게. 이상한 거 안 물어볼게.

사이.

이지혜　　저기요?

사이.

이지혜　　저기요?

사이.

이지혜　　추워.

사이.

이지혜　　누가 저기서 보고 있어.

사이.

이지혜　　저기요?

사이.

이지혜　　이 냄새 어디서 나는 거야?

사이.

이지혜　　깜짝이야. 뭐야?

민	뭔데? 아, 빠지면 뼈 뿌러져. 족히 3미터는 될걸.
이지혜	이렇게 깊은 구멍이 있네.
민	극장 리노베이션하면서 막았던 건데 연출이 다시 뜯자고 해서 임시로 연 거래. 결국 쓰지도 않지만. 위험하다니까.
이지혜	누가 살아도 모르겠다. 방 빼서 일루 올까 봐. (바닥 입구를 열었다 닫으며 극중 인물로 대사를 흉내 낸다) "당신을 가두는 문이 당신을 지키지." 아닌가? "당신을 지키는 문이 당신을 가두지." 뭐가 맞지?
민	뽀뽀나 할까?
이지혜	불 켜자.
민	걸리면?
이지혜	아직은 여기 다녀야 돼.
민	가방 사야지.
이지혜	어떻게 그래.
민	말기로 했네.
이지혜	아무래도.
민	진짜? 와아.
이지혜	깜깜해. 아무것도 안 보여.
민	불 꺼진 무대의 위력이지. 새까만 암전.

사이. 민, 가만히 서서는 손을 뻗어 본다.

| 이지혜 | 너는… |

사이. 민, 대사를 연습해 본다.

이지혜   너는…

사이. 민, 동작을 연습해 본다.

민   (한숨) 왜 이렇게 안 되냐.

이지혜   자긴 훌륭해. 또 할까?

민   그거 말고.

이지혜   그렇게 이상하진 않아.

민   뭐가? 우리가?

이지혜   우리가 뭘?

민   그럼 뭐가?

이지혜   우리가 어쨌는데?

민   하려던 말이 뭔데?

이지혜   …당신 연기.

민   …무대에 딱 들어서면 관객 얼굴이 보여. 좆됐다. 저게 안 보여야 하는데. 그걸 못 본 척하려고 애를 써. 꾸기 싫은 꿈을 꾸는 것 같아.

이지혜   이해 가는데.

민   그래? 전쟁이 뭐야?

이지혜   몰라. 뭐야?

민   그게…

이지혜   뭐 그렇게 복잡해. 그냥 하면 되지.

민   더 끔찍하고 더 지겹고 더 더 더 엉망진창일 텐데. 그게 뭔지 잘 모르는데 그걸 말해야 돼.

사이.

민	나 알바 뛰는 박물관에 며칠 전부터 아줌마 한 명이 계속 온다.
이지혜	뭐야, 나 이제 아줌마하고도 경쟁해야 돼?
민	요즘 전쟁 특별전을 하거든. 그 아줌마 오면 하루 종일 가만히 서서 그것만 봐. 다리 아프면 잠깐 앉았다가 또 가서 들여다봐. 높게도 보고 낮게도 보고 기웃거리기도 하고, 근데 여튼 그것만, 그거 하나만 봐. 종일. 전쟁 병사 유품인데, 군복이거든? 여기 이렇게 이렇게 총탄 자국이 있는 거. 핏자국도 있고.

민, 무대에 널브러진 의상을 집어 들면서.

민	꼭 이거처럼.
이지혜	이상해 보여?
민	정신 나간 사람 같지는 않았어. 기진맥진해 보였지. 아마 너무 울어서. 그러곤 또 그 물건을 이렇게 들여다봐.

민, 그 아줌마를 상상하며 팔을 뻗어 본다.

| **이지혜** | 이상해 보여. |

이지혜, 키득거린다.
갑자기, 불빛 비춘다.

목소리	거기 누구야?
민	어차차, 나갑니다, 아저씨. 출연하는 배운데요, 대사 연습 한다는 게 늦어졌어요. 연출이…
목소리	말만 한 처자가 세상 무서운 줄 모르고 시커먼 데서 시커먼 놈이

랑 개뼉다구를 바르는지 응? 육갑을 떠는지 응? 그 부모 속도 좋
다. 응? 거, 말 안 해 줬으면 어쩔 뻔했어.

민　　　(말을 자르며) 아저씨, 누가 말해 줬어요?

목소리　알아서 뭘 하게? 왜, 해꼬지하게?

민　　　해꼬지는요. 아는 분인가 해서요.

목소리　어떤 …모범 시민이지 뭐.

민　　　어떤 모범 시민이요?

목소리　저기 누가 그랬어. 왜? 왜? 어쩌게?

민　　　저기 누구요?

목소리　저기 누구가 저기 누구지.

민　　　누구야? 어디서부터 어디까지 본 거야.

민, 목소리가 들리는 쪽으로 나간다.

목소리　왜 집들 놔두고 이래. 인생 거저먹는 거 같아도 알고 보면 다 누구
누구 피땀을 쪽쪽 빨아 처먹고 있는 거야. 정신 차려들, 왜들 이래.
누구는 또 피아노 조율인지 좆줄인지, 토막잠까지 후벼 놓고, 니
미, 밤에 자다 구토 설사나 줄줄 해대라. 여기선 말고. 집들 놔두
고 왜들 이래. 인생 거저먹는 거 같아도…

이지혜, 옷을 챙겨 나가는데 H와 마주친다. 이지혜, 나간다.

이어, H, 어두운 객석에서 피아노 조율 가방을 들고 무대 위로 올라간다. 소리굽쇠를 두
드린다. 신발을 가지러 들어온 민, H를 본다.

6. 극장 로비에서

극장 안에서는 연극 〈잊혀진 부대〉가 진행 중이다.

하우스 스태프 이지혜, 가방 안을 들여다보고 있다.

이지혜　　또 여기서 자다가 걸렸죠. 제가 말했잖아요. 조심하라고.

노숙자　　난 괜찮아. 조심할게.

이지혜　　내가 재워 줬다고 아저씨가 말했다면서요.

노숙자　　착한 일 한 거잖아. 모두가 알아야지.

이지혜　　나를 모른다고 했어야죠.

노숙자　　역사가 심판할 거야.

이지혜　　저 짤리면요.

노숙자　　내가 살아 봐서 알아.

이지혜　　(사이) 왜 집이 없어요.

노숙자　　응?

이지혜　　왜 집이 없어서 남을 귀찮게 해요. 왜 남을 귀찮게 하면서 살아요.

　　　　　　피아노에서 잤어요? 피아노에서 잤냐구요.

노숙자　　…나 기침이 심해.

이지혜　　그 피아노가 얼만지 알아요?

노숙자　　전철역에는 험한 사람도 많은데.

이지혜　　2억. 2억이 얼마나 되는지 알아요? 2억 있어요?

노숙자　　먹는 건 이제 사흘에 한 번만 먹어도 돼. 더 먹으면 몸이 무겁더라.

이지혜　　피아노 소리가 좋아요? 좋겠죠. 아이구, 좋아 죽겠네.

노숙자　　아무래도 열도 나는 거 같고. 죽어 자빠질래도 드러누울 데가 있어야지.

이지혜   …

노숙자   나 이거 열 너무 많이 나네.

이지혜   …

노숙자   오늘 밤 또 와도 돼요?

이지혜   …

노숙자   어디서 자요?

이지혜   여기 문간요.

노숙자   요즘 너무 추워서 얼어 죽기 딱 좋아. 이거 열이 너무 나네. 그날
          아가씨가 늦어서 밖에 서서 되게 찬바람을 쐬었더니,

이지혜   알았어요.

노숙자   얼음 어는 날은 여기도 추워. 뭐 전기난로 같은 거 없을까. 기침도
          좀 나는 거 같고. 나이 들면 한(寒)데서 자느니 땅속에 묻히는 게
          나아.

이지혜   무대 비면 무대로 와요. 잘 만한 데가 있어요.

노숙자   어디?

이지혜   땅굴. 구멍.

노숙자   거긴 사람들이 왔다 갔다 해.

이지혜   밖에서 닫으면 돼요. 미리 들어가 있어요. 나는 닫기만 한다.

노숙자   모기도 많고. 이 겨울에. 미친 모기. 모기 싫어.

이지혜   모기약 켜요.

노숙자   없어. 켜 줘.

이지혜   …알았어요.

노숙자   응. 이거 열이 너무 나네.

노숙자, 마른기침. H, 극장 문을 열고 나온다.

이지혜 죽었어요?

H …죽었어요.

이지혜 지금 시체 파묻어요?

H 네.

노숙자 멍청이들.

극장 안에서, 공연 소음 들린다.

노숙자 (극장 문에 귀를 대고 있다) 두다다다다다. 적이다. 아닙니다, 어린앱니다. 쌍, 다 적이야. 애고 기집이고 기어 나오면 다 갈겨 버려. 죽여, 죽여. 어서. 죽여. 한 발 더. 처음이다. 하루 종일 이러고 있을래? 죽여. 죽여.

이지혜 아저씨.

노숙자 짜오앤. 까먼.[4]

극장 안에서 음악이 흘러나온다.

이지혜 피아노 조율사 되려면 학원 다녀야 겠죠? 문제집으로 혼자 공부할 순 없나.

H, 소리굽쇠를 꺼낸다. 톡 친다. 이지혜의 귀에 댄다.

H 이 진동이 피아노 A음과 일치해야 해요. A음은 전체 건반의 기준

---

4) 베트남어. 안녕? 고마워.

음이구요. 이 기준음을 맞추고 나서부터 하나씩 음을 조율해요.
(소리굽쇠를 친다. 건반을 치는 시늉) 굽쇠 소리랑 건반 A음이 같
아지면 소리가 사라져요.

극장 안에서 음악이 흘러나온다. 이지혜, 굽쇠를 친다.

H   소리가 사라질 때가 바로 기준음 A예요.

사이. 이지혜, 굽쇠를 친다.

이지혜   소리가 멈추질 않아요.
H   귀 가장 안쪽에 임파액이라는 액체가 소리를 뇌로 전달해요. 그
           액체가 아직 혼자 물결치고 있는 거예요. 환청이죠.
이지혜   더 안에는 뭐가 있어요?
H   아마 뇌가 있겠죠. 아마.
이지혜   아, 뇌. (소리굽쇠를 가리키며) 이거 없으면 조율 못 하죠.
H   내 머릿속에선 기준음 A가 항상 소리 내고 있어요.
이지혜   와아. 한번 소리 내 보세요.

H, 소리를 내 본다. 이지혜, 소리굽쇠를 친다. 두 음이 다르다.

이지혜   틀린데요.
H   항상 틀려요.
이지혜   (웃음)

이지혜, 소리굽쇠를 몇 번 더 두들겨 본다. 소리굽쇠를 자기 몸에 대 본다.

이지혜   이번에 면접 볼 데는 왠지 잘될 거 같아요.

H, 이지혜를 본다.

이지혜   이번엔 정말 잘될 것 같아요. 그런 느낌이 들어요.

H, 고개를 끄덕인다.

이지혜   네.
            기다려 보려구요.
            지금 기다리는 건 첫 번째 폭발음이에요.

사이. 극장에서 들려오는 폭탄 소리.

이지혜   소리가 나는 게 나아요. 소리가 난다는 건 뭐라도 벌어지는 거지
            요.
            소리가 멈추면 난 소리와 소리 사이에만 있어요.
            다음 소리가 날 때까지 주어진 대사도 없어요. 아무 일도 벌어지
            지 않아요.

사이. 극장에서 들려오는 총소리.

이지혜   (H의 눈을 보며) 거기 아파요? …아파요?

사이.

이지혜   어디 봐요? 거기 가려진 눈으로는 뭐가 보여요?

극장 안에서 들려오는 소리.

이지혜, H 눈자위를 만진다. H, 흠칫.

이지혜   거긴 비어 있어요? 네? 네?

사이.

이지혜   뭐든 말해 줘요.

H   내 아이가 여기 있어요. 항상. 이쪽에.

사이.

이지혜   전에도 이맘때쯤 나오셨죠. 김 이병이 자살할 때. (사이) 왜 그다
         음을 못 봐요? (사이) 따님이 자살했어요?

H   …

이지혜   왜요?

H   …모르겠어요. 그걸. (웃음) 혹시 그 이유 몰라요?
         (이지혜를 들여다보며) 가엾은 것. 왜?

노숙자   왜 이렇게 컴컴해? 아무도 없어요?

이지혜   안 돼요.

노숙자, 극장 문을 벌컥 연다. 소리가 쏟아져 나온다.

노숙자　　　(극장 안 어둠을 향해) 뒈질려고 그래?

이지혜　　　가만 좀 계세요.

노숙자　　　저걸 그냥 두라고? 그러고도 사람이냐?

노숙자, 극장문 안으로 뛰어 들어간다.

노숙자　　　나도 짝사랑 두 번 해 봤다.

이지혜, H, 극장 안으로 따라 뛰어 들어간다.

극장 문이 닫힌다. 돌연 정적.

비어 있는 극장 로비.

암전.

7. 연극 〈잊혀진 부대〉 중에서

쿵쿵쿵쿵쿵쿵쿵쿵. 포탄 터지는 소리. 연극 〈잊혀진 부대〉, 군인1 역을 민이 연기하고 있다.

군인1　　처음엔 흔한 통신 장애인 줄 알았는데…

군인2　　우릴 두고 본부가 철수했단 말입니까? 정말 우릴 놔두고 후퇴했습니까?

군인1　　부디, 내부 동요를 조심해 주게. 길을 찾을 수 있을 거야.

군인2　　네, 알겠습니다.

군인1　　사병들을 진정시켜. 명령이야.

군인2　　명령, 네, 명령.

군인1　　아직 어떻게 될지 아무도 몰라. 정신 차려.

군인2　　네, 알겠습니다.

군인1　　최 상병은?

군인2　　…기어서 가 버렸습니다.

군인1　　뭐?

군인2　　기어서 가 버렸습니다.

군인1　　무슨 소린가.

군인2　　찬송가 흥얼거리면서 뭔가 쫓아서 기어들어 갔습니다. 정글 안으로.

군인1　　그걸 그냥 뒀단 말이야.

군인2　　보고 있었습니다. 보이지 않을 때까지 보고 있었습니다.

군인1　　　　…

군인2   …

군인1   …박 이병은 어떤가.

군인2   계속 웁니다.

군인1   그래.

군인2   나머지는 괜찮습니다. 하던 대로 기상하고 총기 점검하고 구호하
          고. 중위님. 뭐 하나 여쭤봐도 됩니까.

군인1   안 돼. 묻지 마.

군인2   중위님.

군인1   묻지 마. 다들 묻지 않잖아.

군인2   중위님.

군인1   씨발 새끼야. 묻지 말란 말이다. 물어보면… 알겠어? 다, 다, 어쩌
          자고, 다, 다, 그런 게 있어. 다들 간신히 있는 거야. 씨발 아직 전쟁
          한복판이야.

군인2   마지막 통신에서 그 담당자가 그랬습니다. 우리 부대 관련 서류
          가 없어졌다고. 행정 착오인데 곧 시정하겠다고. 그러고 연락이
          닿지 않습니다. 지난번 본부 폭격에 날아간 거 같습니다.

군인1   …

군인2   그러니까, 그러니까, 본부가 우릴 놔두고 후퇴했다는 사실조차
          모른단 겁니까? 중위님. 중위님.

8. 박물관에서

민, 박물관 경비를 보고 있다. 정, 머뭇거리면서 민에게 다가선다.

민   하실 말씀이라도?

정   아니에요.

옆에 계속 서 있는다.

민   말씀하세요.

정   아니에요. 다 끝나면 그때 할게요. 신경 쓰지 마세요.

민   뭐가 다 끝나요?

정   지금 근무 중이시잖아요.

민   아, 네. (사이) 근데 보다시피 그냥 이렇게 왔다 갔다 하는 게 일이
        라 딱히 끝이니 마니 할 건 없구요.

정   별 얘기 아니에요.

민   아, 네. (사이) 다 끝났어요.

정   그러지 마세요. 괜히 저 때문에.

민   정말로 다 끝났어요.

정   저 때문에 이러시면 제가 정말 죄송해서. 저… 이상한 사람 아니에
        요. 이상한 소리처럼 들릴 수 있겠는데요, 듣고 아니면 그냥 잊어
        주세요.

민   그럼요.

정   여기 경비면 이런 전시물들 다 직접 관리하죠?

민   네?

정   청소도 하구요?

민   네?

정   먼지 같은 거 안 쌓이나요?

민   그건 제 담당이 아니구요.

사이.

정   사이공 온도는 105도 점점 뜨거워진다. 사이공 온도는 105도 점점
        뜨거워진다. 그리고 〈화이트 크리스마스〉가 라디오에서 나왔다
        죠. 빙 크로스비. 저 출연하시는 연극 봤어요. 〈잊혀진 부대〉.
        오빠가 그랬어요. 그 일기예보랑 〈화이트 크리스마스〉가 전쟁 사
        이공 비밀 탈출 신호였다고. 급하니까 미국인들끼리만 빠져나갔
        다죠. 미국 대사도 탈출하고 메디슨 대령도 탈출하고, 11명 미군
        이 탄 마지막 헬리콥터가 뜨는데 몰려드는 한국 대사관원하고
        난민을 막느라고 최루탄을 쐈대요. 오빠는 그래도 죽자사자 떠
        오르는 씨에이치 헬리콥터에 매달렸대요. 그리고, 4시간 후에 적
        군 선발대가 수도에 진입했대요.
        오빠가 실종됐어요. 오빠 전쟁터에 갔었는데, 오빠 간신히 돌아
        왔는데, 오빠가 실종됐어요.
        아휴, 내가 또 이런다. 그냥 좀 지쳤나 봐요. 하루 종일 서서, 생각
        할 게 너무 많으니까.
        근데 배우분이 왜 여기서…? 아… 연극하면서 먹고살기 힘들죠.
        (전시된 군복을 가리키며)
        저, 저 안을 좀 들여다보려면 어떻게 해야 하나요?
        저 안에 저거. 이상하게 들릴지 모르지만 저걸 한번 봤으면 싶은

데.

민　(사이) 이 앞으로 죽 나가서 오른쪽으로 꺾어졌다가요 화장실이 나오거든요? 그 블록 지나서 좀 더 쭉 가면요 아가씨 한 분이 서 있거든요? 그 아가씨한테 물어보세요. 아가씨가 도록을 보여 줄 거예요. 그걸 사서 보세요.

정　아니, 저 주머니 있잖아요. 그 안을 한 번만 확인하면 되는데. 저 주머니요. 저 안을 봤으면 좋겠어요.

그러니까, 열쇠 있을 거 아니에요. 열쇠. 그걸로 살짝 열어만 봐요. 그냥 저 주머니 안으로 손 한 번만 넣어 보면 돼요. 봐요. 약간 불룩하지 않아요? 손 한 번 넣다 빼면 되잖아요. 딱 한 번만 손 넣어 볼게요. 딱 한 번만.

사이.

민　그게 제 소관이 아니에요. 차라리, 소장님을 만나 보세요.
정　왜 안 가 봤겠어요. 안 된다고 했단 말이에요.

그거 열쇠 아니에요?

…

저거 우리 오빠 거예요. 오빠는 자기가 혼자 어디서 꿈꾸다 온 거 같다고, 여긴 모든 게 그대로인데 어떻게 그대로일 수 있냐고. 그런… 이런… 저런… 일들이 있는데 어떻게 그대로일 수 있냐고. 자긴 잊혔다고. 지워졌다고. 없다고. 자긴 없다고. 없어졌다고. 난 없어졌다고. 아임 드리밍 오브 어 화이트 크리스마스. 그 노래를 술 취하면 그렇게 불러요.

나 오빠 3년 동안 찾았어요. 오빠가 다녀왔다는 전쟁이 정말 있었던 전쟁이라는 증거가 이제 나왔어요. 오빠 딸 민주가 근육병으

로 주저앉았어요. 화학무기죠. 화이트 크리스마스처럼 하얀 안개
가 아침마다 내렸다죠? 시퍼런 정글이라면서요. 화이트 크리스마
스라뇨.

그거 열쇠 아니에요? 크기가 딱 맞겠는데.

민   네?

정   한 번만 저 주머니에 손을 넣어 볼게요. 저 안에 염주가 있을 거예
요. 오빠가 그랬어요. 어머니 염주를 여기에 넣고 꿰매 다녔다고.
실밥 보이죠? 우리 오빠 거예요. 나 너무 지쳤어요.

민, 정이 바라보던 유품을 들여다본다. 정을 본다. 다시, 들여다본다.
정, 애타게 들여다본다. 사이. 민, 고개를 든다.

9. 불 꺼진 무대 위에서

민, 불 꺼진 무대 위에 서 있고, H는 피아노 조율하고 있다.

민   이렇게 말했죠. …제 소관이 아니에요. 차라리, 다시 한번 소장님을 만나 보세요.

사이. H, 피아노 음을 두드린다.

H   늦었는데요.

민   몇 시죠?

H   새벽이에요.

민   새벽엔 소리가 울리죠. 빛이 없는 게 소리 울리는 거랑 상관이 있나요? 비례? 반비례?

H   글쎄요.

사이. 무대에 널브러진 의상을 집어 들면서.

민   그 군복 웃도리예요, 그 주머니 안에요, 그 염주요, 있을까요, 없을까요?

사이. H, 피아노 음을 두드린다.

민   꿈 안 꾸세요?

H   무슨 꿈이요?

민   그 시절 악몽 같은 거.

H   꿈 같은 거 안 꿔요.

사이. H, 피아노 음을 두드린다.

민   전쟁 끝나자마자는요? 그때도 악몽 같은 거 안 꾸셨어요?

H   글쎄요…

민   요즘도 꿈 별로 안 꾸세요?

H   원래 꿈을 잘 안 꿔서요.

민   갑자기 울부짖는 소리가 난다든가, 그냥 어쩌다 그때 벌어졌던
           광경이 떠오른다든가…

사이.

H   난 나쁜 짓 안 했어요.

민   선생님이 하시지 않았다고 해도요, 전쟁터잖아요.

H   별로요. 없어요.

민   길들여져서 그런가…?

H, 피아노 음을 두드린다.

민   나쁜 일이다 생각하지는 않더라도 이게 전쟁이니까 그럴 수 있다
           는 건 알지만요, 그래도 뭔가 마음에 걸리지 않나요, 선생님?

H   글쎄요.

민   피 묻은 손 떠올려 본 적 있으세요? 죽어 간 사람 얼굴은요?

H 막상 당시엔 별다른 기분이랄 게 없어요. 나쁜 일이다 좋은 일이 다 그럴 겨를도 없고.

민 얼굴 생각나세요?

H 그건 전쟁이었어요.

민 알아요. 선생님… 선생님…… 제가 이해가 안 되면 꼼짝도 못 해 요. 이 공연이요 3년 만에 하는 작품이에요. 작품 의뢰가 안 들어 와요. 기회가 없다구요. 잊혀진 부대요? 그게 제 얘기라니깐요. 누 군가 불러 주길 기다려요. 자기가 누군지 가물가물해져요. 잊혀 지는 걸 뻔히 알면서 기다리는 기분 모르실 거예요. 저랑 더블캐 스팅하는 녀석은요 연기를 졸라리 잘해요. 비교당해요. 쪽팔려 말을 못 해서 그렇지…

H, 피아노 음을 두드린다.

H 오래된 일이라… 기억나는 게 없어요. 다른 사람한테 물어보지 그 래요.

민 다른 사람이요? 누구요? 그 그, 염주 아줌마 오빠요? 그 사람은 다 기억해서 막 실종도 되고 그러는데, 왜 선생님은요? 네? 네?

H, 피아노 음을 두드린다.

민 따님한테 아무 일 없었던 것처럼 용돈이나 주면서, 네? 그, 그, 그 손으로… 네? 네?

민, 피아노 위 H 딸 사진을 잡는다.

민　　따님이 지혜랑 닮았네요. 또래 여자들은 참 비슷비슷해요. 여리고
　　　우울하고 예민하죠. 안타깝고 지켜 줘야겠고.
　　　제가 통찰력이 좀 있어요. 연기까지 안 이어져 탈이죠.
　　　그날, 극장에서 쫓겨나오자마자 피아노 소리가 나던데요. 조율
　　　사님. 대체 어디까지 보신 거예요?

H, 멈춘다. 민을 천천히 돌아본다.

민　　지혜와는 헤어질 거예요.

사이.

민　　그때, 거기에서, 진짜 경험하신 거요. 아직 한 번도 입 밖에 꺼낸 적
　　　없는 거요.

사이.

민　　피 묻은 손은요? 죽어 가는 사람 얼굴은요?

사이.

H　　얼굴은 생각나지 않아요. 총 맞은 부분은 생각나요. 가슴, 배, 머
　　　리…
민　　얼굴은요? …눈은요?
H　　그건 범죄가 아니라…
민　　두려워하던가요? 몇 살쯤 돼 보여요?

214

H   …

민   그 사람 가족이 떠오르진 않았어요?

H   난 스무 살이었어요.

민   죽은 사람은요? 죽은 사람은 몇 살이었어요?

H   더 어리거나 늙은 사람들…

민   여자는요? 여자도 있었어요?

H   키가 작은…

민   총? 칼? 손… 맨손?

H   스무 살짜리가 집에 송아지 한 마리 사 넣으려고 간 거예요.

민   그 순간이요, 그 순간. 총을 쐈어요. 칼을 밀어 넣었어요. 목을 졸
        라요. 그 순간 어땠어요? 그땐… 무슨 생각을 하지? 눈을 봐요?
        마주 봐요? 표정은요? 오줌 쌀 것 같아요? 놓칠까 봐… 울고 싶어
        요? 애처럼?

사이.

H   터널 쥐라고… 땅굴을 찾아 폭파하는 터널 수색 부대 소속이었어
        요. 블랙 에코. 새파란 하늘 아래 시커먼 구멍 속을 그렇게 불렀죠.
        직경 30센치 구멍을 따라 수 킬로미터씩 내려가는 개미굴은 뜨겁
        고 시커멓죠. 다른 세상으로 통하는 입구처럼. 아니, 출구처럼.

사이. 민, H의 다음 말을 기다린다.

민   죽을까 봐 무서워서 죽이는 거죠? 사람을 그래서 죽이는 거죠?

H   그런 게 무서워요?

민   네?

H   …

민   뭐가요?

H   아니에요.

민   아니요, 네, 선생님, 무서워요. 아니, 안 무서워요. 무서워요. 선생
           님, 안 무서워요.

H 가볍게 민의 급소를 친다. 고통스러워 숨을 잘 못 쉬는 민.

H   터널을 수색 중이었는데… 방 하나를 발견했어요. 조사했죠. 노
           인하고 젊은 부부하고, …애들이… 둘. 어쩔지 물었어요. 지시를
           바라죠. 누군가 시키지 않으면 내가 결정해야 하니까. 누군가를
           죽일지 말지 내가 결정해야 하니까. 그래서 항상 묻죠.
           어떻게 합니까?
           어떻게 합니까?
           킬 뎀(kill them). 다섯을 일렬 종대로 세우고 소음기가 장착된 38
           구경 스미스 앤드 웨슨 리볼버로 한 방에. 딱 붙여 세우고는 한 방
           에 타앙.
           …작은 아이가 뒤로 자빠져서 큰 사시 눈을 똑바로 뜨고는 노려
           봐. 나를 보나? 어딜 보지? 아직 살아 있어. 아직.
           그 눈에서 눈을 뗄 수 없어. 머리를 돌려야 하는데, 원망에 겁에 살
           려 달라는 건지 놀아 달라는 건지, 눈, 그 눈이 날 놔주지 않아. 염
           주 긴 팔목을 휘저어. 저거 저거 벗겨질라. 타앙. 드르르르르. 적의
           공격이 시작됐어. 터널을 기어 나오는데 누구의 피인지, 땀인지,
           눈물에 콧물에 오줌에 자꾸 미끄러졌어. 갑자기 쏟아진 빛 때문
           에 눈이 터질 것처럼 부셔…

사이.

민   선생님, …선생님, 제가 그 안대 안을 한 번만 볼 수 없을까요?

H, 천천히 고개를 든다.

사이.

민, 손을 든다. H의 어둔 구멍 안으로 손을 뻗는다. H, 그의 손을 잡는다. 민, 주춤거린다.

민이 뻗는 건지, H가 당기는 건지 알 수 없다. 민의 손가락이 H의 눈자리 안으로 들어간

다.

민   손가락이 두 개 들어가요. 세 개 들어가요. 아, 선생님, 선생님,

민이 손을 빼려고 하자, H는 꽉 붙들고 놔주지 않는다.

민, 뭔가를 말하려고 하지만 잘되지 않는다.

암전.

10. 이지혜

이지혜의 집. 병아리 운다. 목청 높여 삐약삐약 삐약삐약 삐약삐약삐약삐약삐약삐약.

소리는 갈수록 일정하고 규칙적으로 높다.

이지혜, 병아리를 들여다본다. 사이. TV를 켜 본다. TV 볼륨 소리를 높인다.

일어난다. 냉장고 문을 연다. 반찬 통 위치를 바꾼다. 아래 칸을 뒤진다. 냉장고 문을 닫는다.

냉장고 문을 연다. 물통을 꺼낸다. 물컵을 꺼낸다. 따라 마신다.

멍하니 서 있다. 현관문으로 가 본다. 귀를 대 본다. 돌아온다.

멍하니 서 있다.

고양이 우는 소리. 이지혜, 냉장고 문을 닫는다.

병아리 목청 높여 삐약삐약 삐약삐약 삐약삐약삐약삐약삐약삐약삐약 삐약삐약삐약삐약.

고양이 우는 소리.

이지혜, 새로 쇼핑한 가방을 포장도 뜯지 않은 채 들여다본다. 메 본다. 포장을 벗기려고 한다. 만다.

병아리 목청 높여 삐약삐약 삐약삐약 삐약삐약삐약삐약삐약삐약.

고양이 우는 소리. 이지혜 창문을 열고 고양이를 쫓기 위해 사납게 고양이 우는 소리를 낸다.

돌 쪼개는 소리-공사장 소음- 들려온다. 쿵쿵.

이지혜, 창문을 닫는다.

사이. 고양이 우는 소리. 병아리 목청 높여 삐약삐약삐약.

공사 소리 점점 더 커진다. 쿵쿵쿵쿵쿵쿵쿵쿵쿵.

이지혜, 자신의 낡은 가방을 정리한다. 동전과 지폐를 꺼내 하나하나 세어 본다. 메모를 한다.

새 가방 포장을 벗기지 않은 채 쇼핑백에 다시 넣는다.

공사 소리 점점 더 커진다. 집기들이 흔들릴 정도로 위압적이다.

쿵쿵쿵쿵쿵쿵쿵쿵쿵쿵쿵쿵쿵쿵쿵쿵쿵쿵쿵쿵쿵쿵쿵쿵쿵쿵쿵쿵쿵쿵쿵쿵쿵쿵쿵쿵.

이지혜 쇼핑백에서 꺼내 새 가방 포장을 뜯어 버린다. 가격표 태그를 떼어 버린다.

갑자기 공사 소리가 멎는다.

병아리 목청 높여 삐약삐약 삐약 삐약 삐약. 이지혜, 귀를 막는다.

고양이 소리 더욱 가까이 들린다.

병아리 목청 높여 삐약삐약 삐약 삐약 삐약.

이지혜, 병아리를 박스째 베란다에 내놓는다. 베란다 문을 닫는다.

병아리 소리 작아진다.

베란다에서, 병아리 목청 높여 삐약. 고양이 병아리를 덮치는 소리. 병아리 푸드덕 소리,

삐약삐약삐약. 고양이 병아리를 물어뜯는다.

사이. 조용하다.

멀어지는 고양이 소리.

이지혜, 새 가방 안을 들여다본다.

한동안.

다시 공사장 소음 시작된다. 쿵쿵쿵쿵쿵쿵쿵쿵.

극장 안.

무대 구멍 속. 소리만 들린다.

노숙자   나 좀 꺼내 줘요. 여기 땅굴이에요. 무대 위 깊은 구멍. 나 거기예요. 꺼내 줘요. 내 말 들려요? 나 여기 있어요. 나 안수명이에요. 여기요. 무대 위에 구멍이 있거든요. 땅굴이요.

나 안수명이에요. 영웅 안중근 알지요? 같은 '안'가잖아요. 친척이에요. 그이가 이토 히로부미 쏴 죽였을 때 나 일본 끌려갔잖아요. 친척이라서요. 볼모. 그때 어렸는데요. 요만했지요. 바다를 건너는데 선박 난간이 높아서 바다가 하나도 안 보였지요. 냄새만 가득 나데요. 바다 냄새가 찝찔하데요.

11. 불 꺼진 무대 위에서

민, 연극 〈잊혀진 부대〉 장면 연습을 하고 있다.

총을 들고 있다. 이지혜, 곁에 선다.

| 민 | (대사 연습 중이다) 미쳤냐 이 새끼야. (다시 해 본다) 미쳤냐 이 새끼야. (다시 해 본다) 미쳤냐 이 새끼야. |

민 | (대사 연습 중이다) 미쳤냐 이 새끼야. (다시 해 본다) 미쳤냐 이 새끼야. (다시 해 본다) 미쳤냐 이 새끼야.

이지혜 | 미쳤냐 이 새끼야, 라고 해야지.

민, 이지혜를 보고 고개를 돌린다.

혼자 연습을 계속한다.

이지혜 | 연기가 좋아졌더라. 비결이 뭐야?

민 | (외면하고 연습한다) 미쳤냐 이 새끼야.

이지혜 | 미쳤냐 이 새끼야.

민 | 미쳤냐 이 새끼야.

이지혜 | (〈잊혀진 부대〉 대사) 적이라도 우릴 찾아내면 좋겠습니다. 총질이라도 해대면 믿어지는 게 또 있을지 모르죠.

민 | …

이지혜 | 미쳤냐 이 새끼야, 라고 해야지.

민 | 지혜야. 우린, 어차피

이지혜 | 어차피

민 | 가망도 없고.

이지혜 | 가망도 없고.

민   따라 하지 마.

이지혜   따라 하지 마.

민   그냥 그만하자. 다.

이지혜   그냥 그만하자. 다.

민   그냥 우리 끝이 이래. 조금 빠르거나 조금 늦어.

이지혜   그냥 우리 끝이 이래.

민   그만.

이지혜   그만.

민   그만.

사이.

민   니가 항상 하던 말이잖아.

사이.

군인2 등장. 마른하늘에 총질을 한다.

이지혜   미쳤냐 이 새끼야. 미쳤냐 이 새끼야.

민   됐어. 이제 혼자 할게.

군인2   (대사) 보세요. 아무도 없습니다.

이지혜, 마른하늘에 손가락으로 총질을 하는 시늉.

이지혜   (대사) 보세요. 아무도 없습니다.

민   (대사) 그만해.

이지혜/군인2   (대사) 아무도 우릴 찾지 않지 말입니다. 다 우릴 잊었지 말입니다.

민   (대사) 총알을 아껴 이 새끼야.

이지혜/군인2   (대사) 어휴, 왠지 말입니다. 어휴, 이 총알 남겨 뒀다 내가 중위 님 쏴 죽이면 어쩌지 말입니다. 어휴, 피융.

군인2, 총을 들고 서 있다.

군인2와 군인1의 대치 상황.

민   (대사) 넌 좀 자야 돼. 그 총 이리 주고.

이지혜/군인2   (대사) 자면 안 됩니다. 자면 누가 우릴 지켜 줍니까.

민   (대사) 내가 망을 볼게 넌 자. 너 설마 나도 못 믿냐?

이지혜/군인2   (대사) 자기 싫습니다. 잠이 안 옵니다. 잘 수 없습니다. 무서운 게 너무 많아요. 귀신도 무섭고, 동물도 무섭고, 베트콩도 무섭고, 바람도 무섭고, 비도 무섭고, 구덩이도 무섭고.

민   대사를 다 외워?

이지혜/군인2   (대사) 나뭇잎 부딪히는 소리가 듣고 싶어요. 이렇게 축축하고 무겁지 않은. 바람결에 메마른 나뭇잎들이 부서집니다. 그 아래 내 동생 정민이가 있습니다. (손가락 권총을 민에게 겨눈다) 머리 땜빵 오정민. 정민이 내 생각 할까요. 내 생각 할까요. 내 생각 하까요.

민   (대사) 정신 차려 이 새끼야. 똑바로 들어. 명분이 없으면 명분을 만들어 이 새끼야. 이건 전쟁이야. 아군을 못 찾겠으면 아군을 만드는 거야. 적이 안 보이면 적을 만들어내는 거야. 이 새끼야.

민, 이지혜에게 총을 쏜다. 총이 딸깍거린다.

총을 던진다. 이지혜에게 달려든다. 목을 조르는 시늉.

민, 그만두려고 한다. 이지혜, 그의 손을 잡는다.

이지혜　　　　지금 짜릿한 건, 너야?

사이. 민, 지혜의 목을 누른다. 목을 누른다. 목을 누른다. 목을 누른다. 민에게도 이지혜에게도 더 이상 장난이 아니다. 민, 이지혜의 목을 누른다. 이지혜, 목이 졸린 채로 고통스럽다. 민, 스스로를 제어하기 힘들다. 이지혜, 눈이 넘어간다. 군인2는 발버둥 치다 서서히 죽어 간다.

민　　　　　　씨발, 안 돼.

민, 흥분으로 몸을 가누기 힘들다. 이지혜와 민의 뒤엉킴.

사이.

민, 나간다. 홀로 남은 이지혜.

사이.

이지혜, 비명을 지르며 일어난다.
허겁지겁 달려가 무대 세트인 땅굴 입구 바닥을 두드린다. 귀 기울인다. 아무 소리도 없다.
다시 두드린다. 귀 기울인다. 아무 소리도 없다.

이지혜　　　　저기요. 아저씨. 장난치지 말구요.

아무 소리도 없다.

이지혜　　안 보여요. 아무것도 안 보여요. 아파요? 아픈 거예요? 기침은
요? 자요. 내 손 잡아요. 막대기. 막대기 내릴게. (사이) 나왔나?
나왔어요? 나왔나 봐. (사이) 죽었어요? (사이) 잠든 거죠?

쿵쿵쿵쿵쿵쿵 폭탄 터지는 소리, 멀리서부터 다가온다.

12. 골목길에서

볕이 좋은 정오. 이지혜 동네 골목길. 철거로 부분부분 부서진 동네. 인적이 없다.

고양이 한 마리가 볕이 잘드는 시멘트 길바닥 위 늘어지게 누워 있다. 멀찌감치 노인 한 명이 볕을 쬐고 있다. 이지혜, 지나다가 고양이를 흘낏 본다. 간다. 다시 돌아온다. 고양이를 들여다본다.

낮게 비행기 지나가는 소리. 위압적이다. 올려다본다.

노인   자는 거야?

이지혜   네?

노인   자는 건가? 죽었는가?

이지혜   네?

노인   죽었는가? …자는 건가?

이지혜   주…죽은 거 같아요.

노인   자는 거 같네. 꼭 자는 거 같아.

이지혜   자는 거 같아요, 거의. 근데, 실눈을 뜨고 있어요. 죽었어요.

노인   그걸 왜 그렇게 들여다봤어, 죽은 걸?

이지혜   …죽은 줄 몰랐어요.

노인   죽었다며.

이지혜   물어보시니까 죽었구나 싶어지네요.

노인   별일이네. 별일이야.

이지혜   별일은요. …짐승인데요, 뭐.

이지혜, 노인을 뚫어져라 본다.

노인   왜 그렇게 봐?

           난 불쌍해.

이지혜, 가려고 한다.

노인   요 식경이면 저 자리서 볕 쬐며 코 파던 김 노인네 고양이네.

           그 노인 언제 나갔지?

           한 한 달 됐나.

           동네 철거된다고 사람만 빠져나가서.

           아무것도 못 먹어서 죽었나.

           아무거나 주워 먹다 죽었나.

           그냥 다 빨리 끝났으면 좋겠어.

낮게 비행기 지나가는 소리. 이지혜와 노인, 올려다본다.

노인   왜 여태 안 나갔어?

이지혜   지금 들어가요.

노인   지금? 어디서 와?

이지혜   (사이) 아르바이트하고 와요.

노인   난 또 지금 나간다고.

           그래, 지금 나간다는 줄 알았어.

           아르바이트하고 오는구만.

           처자 진작 나간 줄 알았지.

           남은 집 거의 없어.

낮게, 비행기 지나가는 소리. 이지혜, 가려고 한다.

노인   공항이 여기까지 넓어진다지.

이지혜   아, 이쪽 부지는 활주로 쪽일 거예요.

노인   활주로 쪽일…이 뭐야?

이지혜   비행기가 날기 전에 달리는 큰길이요. 도움닫기.

노인   (모르는 말이다) 도움닫기.

이지혜   비행기가 날려면 달려야 해요. 그래서 여기까지 땅을 넓히는 거예요.

뭐 빠지게 달려야 해요. 열심히 뛰어요. 아주 열심히.

이런 땅이 없으면 떠오르고 뭐고 그 전에 끝이에요. 달릴 수도 없으니까.

땅에서 떠오르기만 하면 문젠 없는데. 바람이 띄우니까요. 그럼 문제없는데.

무지 열심히 뛰어야죠. 잘 뛰어야죠. 잘 뛰고 빨리 뛰고. 열심히, 아주 열심히.

비행기가 땅에서 떠오르려면요.

사이.

노인   아가씨는 젊으니까 여기 공항 되면 그때 어디 놀러나 가.

어디 가고 싶어? 멀리 가. 아주 멀리.

가서 오지 마. 다 빨리 지나갔으면 좋겠어. 젊어 좋겠다.

앞날이 구만리잖아.

구만리나. 아우 막막해.

낮게 비행기 지나가는 소리.

이지혜, 고양이의 시체에 손을 댄다. 깨워 보려는 듯 흔든다.

낮게 비행기 지나는 소리. 이지혜, 올려다본다.

비행기는 날아 지나가고, 빈 흔적을 올려다보던 이지혜, 고양이를 내려다본다. 이지혜, 멀리 본다.

13. 극장 로비에서

극장 안에서 연극 〈잊혀진 부대〉 소음 들려온다.

H, 로비에 앉아 있다.

극장 안에서 총소리 들려온다.

극장에서 들려오는 긴 비명 소리. 이어 장중한 음악이 들려온다.

폭탄 터지는 소리. 클라이맥스를 알리는 음악.

극장 안의 아우성 소리는 극중 장면인지 사실인지 분간할 수가 없다.

고요.

긴 사이.

극장 문이 열린다.

에필로그

바람 소리. 피아노 울린다. 노숙자, 바람 소리에 맞춰 피아노를 친다.

노숙자　　(피아노를 친다) 이 바람 소리. 극장 안에서 불어 나오던 바람. 가방 안을 굽어보던 그 여자의 귓가를 맴돌던 바람. 분 적 없는 바람. 가짜 바람.

까만 극장처럼 까만 눈 때문에 멀미가 났어. 나도 짝사랑 두 번 해 봤다.

(피아노를 친다) 고원에서 사막에서 나는 여태 모래에 붙은 볕 조각처럼 흘러다니고 있어요.

내 유랑엔 누이의 문신뿐이죠. 영웅 안중근의 먼 일가. 유랑과 문신, 날짜가 지워진, 기록에서 지워진 누군가 중앙아시아 지도 위를 떠돌아요. (밤하늘을 올려다본다) 이 별에서 저 별로 걸어가고 있어. 별 없이 까만 밤에는 길을 잃어요. (피아노를 친다) 이건 빗방울 소리. 저… 혹시 울어요?

찬바람 몰아친다. 피아노 울린다.

노숙자　　나 안 보여요. 나 여기 없어요. 나한테 말 걸지 마요.

노숙자, 그랜드 피아노 뚜껑을 열고 들어간다.
바람 소리, 연주자 없이 피아노에서 소리가 난다.

막

2018년 作

해와 달에 관한 오래된 기억

"세명이에게"

나오는 이

할아머니들.
하나이면서 여럿인,
여럿이면서 하나인
남자, 여자, 노인, 어린 배우
모두 각각, 한 사람. '할아머니'이다.

1장

무대 위,

커다란 장치가 하나 있다.

어디에 쓰는 건지 도무지 알 수가 없다.

봐도 봐도 알 수가 없다.

이상한 소리를 내며 움직이기 시작한다.

그러더니 다가온다. 점점 더 가까이 다가온다.

갑자기 멈춘다.

정적.

코 고는 소리가 들린다.

잠이 든 모양이다.

코 고는 소리가 들린다.

잠든 장치가 삐그덕삐그덕,

코 고는 소리가 푸우푸우.

자장가처럼 들린다.

자장가가 밤을 떠다닌다.

잠이 덜 깬 채로 속닥속닥.

목소리1　　어둡네.

목소리2　　어두워.

목소리3　　아직 깜깜해.

목소리4　　아직 자야 해.

다시 잠에 빠진다.

목소리5　　아침이야?

목소리들　　아니, 아직.

실망한다.

잠에 드는가 싶다.

그러더니,

어둠 속, 작은 쥐들처럼 일어나 몰래 움직인다.

한밤중 펼쳐지는 숨박꼭질.

하나인 듯, 둘이다. 둘인 듯, 셋이다. 셋인 듯 하나다.

그러다 여럿이다.

다시 하나다.

도무지 몇 명인지 알 수 없는 이들이 한밤중 숨박꼭질을 한다.

우르르 몰려다녔다 사라진다.

그러곤 다시 빼꼼 나타난다.

공을 굴리고, 줄을 넘고, 뜀을 뛴다.

신나게 한판 논다.

그러다, 지친다.

고요.

다시, 잠이 든다.

깊은 잠.

시계 초침 소리만 남는다.

2장

목소리가 들려오고,

할아머니들은 꿈을 꾸면서

해가 태어나 세상에 나오는 이야기를 듣는다.

어린아이 목소리　맨 처음 땅이 평평해.

끝도 없이 평평해.

잘 펼쳐진 이불처럼 평평하고 조용해.

그 땅 위에는 아무도 없어.

아무 소리도 없고, 아무 빛도 없고, 아무 어둠도 없어.

아무것도 없어. 땅 위에는 아무것도 없어.

근데 땅 밑에는 뭔가 있어.

돌이야.

돌이 땅 밑에서 쿨쿨 잠자고 있어.

어푸어푸 잠 속에서 헤엄치고 있어. 어푸어푸 쿨쿨쿨쿨
쿨쿨쿨쿨.

근데, 돌이 툭 하고 튀어나와.

그러면서 돌이 데굴데굴 덱데굴 데굴데굴 덱데굴 굴러
가네.

돌이 뜨끔뜨끔해.

돌이 따뜻해졌어.

돌이 계속계속 굴러가니까 뜨겁고 따뜻하고 계속 뜨겁
고 따뜻하고

그러면서 돌에 작은 풀이 붙어. 씨앗이 붙어. 작은 먼지도
붙어.
작은 돌이 씨앗과 풀과 먼지와 흙이 붙어 조금씩 조금씩
커지네,
그러면서 굴러가. 데굴데굴 덱데굴.

그러다가 하늘 위로 쑝 날아가네.

구름이 보여. 만질래. 만질래.

그 돌에서 뭔가 자라.
가느다랗고 긴 뭔가 자라. 하나 둘 셋 넷 다섯
꿈틀꿈틀 뭔가 자라. 하나 둘 셋 넷
머리카락이야.
머리카락이 구름을 만져.
만질래. 만질래.

머리카락 속으로 산도 들어오고. 머리카락 속으로 밤도
들어오고. 머리카락 속으로 나도 들어오고. 머리카락 속
으로 엄마도 들어오고. 머리카락 속으로 아빠도 들어오
고. 머리카락 속으로 신발도 들어오고, 머리카락 속으로
집도 들어오고. 머리카락 속으로 단추도 들어오고. 머리
카락 속으로 다 들어오네.

와구와구 먹어. 돌한테 입이 생겼거든. 머리카락이 온 세
상을 다 잡아먹으려나 봐. 머리카락 속으로 모든 게 다
들어오네. 와구와구 쩝쩝쩝 와구와구 오물오물 쩝쩝쩝
계속 먹다 보니 배가 슬슬 아프네.
아이구 배야. 아이구 배야. 돌이 데굴데굴 굴러.

배가 아플 땐 어떻게 해야 하지
방귀를 뀌어. 푸우우우쉬 푸쉬.
아이, 시원해.

그 방귀가 햇살이야.
뽀오오옹. 방귀가 퍼져. 햇살이 번져.
나무 방귀 뽀오옹, 꽃 방귀 뽀오오옹, 달 방귀 뿡, 뿡뿌
루뿡뿡 뿡붕

해가 뜬다. 해가 뜬다.

아침이야. 아침이다.

잘 잤다.
잘 잤니?

3장

아침이 밝았다.

할아머니들, 일어난다.

할아머니들, 커튼을 연다. 창문을 닦는다.

커다란 창문을 닦는다. 창문을 닦으며 창밖으로 인사한다.

기지개를 켜거나 차를 마신다.

여러 명의 할아머니들 유유히 걸어 나간다.

한 명의 할아머니 남아 차를 마시고 설거지를 한다. 그릇을 씻어 정리한다.

행주를 빤다. 행주를 짠다.

행주를 넌다. 청소를 한다.

한 명의 할아머니 청소를 한다.

한 명의 할아머니 청소를 한다.

한 명의 할아머니 청소를 한다.

한 명의 할아머니 청소를 한다.

한 명의 할아머니 청소를 한다.

북적북적 청소를 한다.

한 명의 할아머니 먼지를 본다.

먼지를 모은다. 먼지를 날린다. 먼지를 후우 분다.

시계가 돌아간다.

커다란 시계가 돌아간다.

할아머니들 시간을 거슬러 올라간다.
추억에 잠긴다.
지난 시간들이 떠오른다.

시계가 점점 더 빨리 돌아간다.
할아머니, 정신이 없다.
점점 빨라진다. 휘몰아치는 추억들.
점점 빨리 돌아가는 시계. 할아머니 감당이 안 된다.
넘어지고 구르는 할아머니.

괘종소리
멈춘다. 정적.

할아머니,
집 안의 좁은 틈들을 발견한다.
오래된 물건들과 좁은 틈들, 집 안에 난 길들을 돌아다니며 논다.
조개를 하나 발견한다.
이게 뭐지?
조개를 뺨으로 부벼 본다.
던져 본다. 만져 본다.
떨어뜨리고 굴려 본다.
조개를 보며 생각에 잠긴다.
귀에 대 본다.
기타 소리.

노래가 하나 들린다.

(노래) 절망에 빠진 이 아이를 누가 달래 줄까.

숲속에 있는 밤 지키는 달이 지켜 주지.

그런데, 아침은 어떡해? 고민을 하네.

우리의 여왕이신 해가, 해가 지켜 주지.

하지만 나는 나는 누가 지켜 줘.

해도 지고 달도 잠든 어둠 속에서.

하지만 나는 나는 누가 지켜 줘.

해도 지고 달도 잠든 오-늘-은-요.

우리 같이 있는 친구들이 지켜 주지.

니냐라여무가 니나미냐라 여무가

우리 같이 있는 친구들이 지켜 주지.

니냐라여무가 니나미냐라 여무가[5]

할아머니, 이야기가 떠오른다.

이야기를 따라 긴 여행을 떠난다.

헤엄치고, 날고, 걷고, 노래한다.

졸고, 기대고, 이끌고, 노를 젓는다.

뜨고 지는 것들을 지나서, 지나서…

---

5) 여섯 살 이세명이 노랫말 만들고, 스물일곱 살 정결이 다듬어 곡을 붙인 노래.

4장

할아머니들, 어딘가에 도착한다.

할아머니들이 번갈아 말한다

할아머니   여긴 진흙이야.

할아머니   진흙 속에서는 이렇게 움직여.

할아머니   진흙 속에서는 이렇게 말해.

할아머니   진흙 속에서는 이런 소리가 들려. (입으로 내는 소리들)

할아머니   진흙 위에서는 이런 소리가 들려. (몸으로 내는 소리들)

할아머니   진흙밭에는, 깜짝이야.

한 아이가 고개를 처박고 있다

할아머니   저기 뭐가 움직였어.

할아머니   거머리야.

할아머니   아니야.

할아머니   저기 뭐가 움직였어.

할아머니   나도 봤어.

할아머니   뭐지?

할아머니   움직인다. 다가온다. 뛰어온다. 날아온다.

할아머니   숨어.

아이가 뛰어 나온다. 할아머니 중 한 명이 아이다.

아이　　　　머머.

할아머니　　　뭐라고?

아이　　　　머머

할아머니　　　머머머머머

아이　　　　머머

할아머니　　　머머머머머

할아머니　　　진흙 속에서 거머리랑 놀았대.

아이　　　　머머머

할아머니　　　연근, 백합 뿌리 찾으면서 놀았대.

아이　　　　머머

할아머니　　　거머리가 자기 살갗을 쪽쪽 빨았대.

아이　　　　머머머머

할아머니　　　연근, 백합 뿌리 찾아서 뭐 하게?

아이　　　　머

할아머니　　　그걸 먹는대.

아이　　　　머

할아머니　　　질기고 쓰대.

아이　　　　머

할아머니　　　흙이 묻어 있대.

할아머니　　　아주 오래 씹으면 어떤 맛이 난대.

할아머니　　　어떤 맛?

할아머니　　　다

할아머니   다아

할아머니   다아알

할아머니   달빛 맛.

할아머니   여기는 달빛 연못이야.

할아머니   항상 달빛이 있거든. 그래서 진흙에서도 달빛 맛이 나.

할아머니   달빛 연못이라는 곳에 아이가 살았어. 아이가 사는 달빛 연못은 작은 진흙 연못이었어. 검은 진흙 속에는 많은 것들이 살았어. 작은 벌레들도 살고, 벌레의 알들도 살고, 작은 게도 살고, 연잎 뿌리도 살고, 백합 뿌리도 살고, 거머리도 살고, 지렁이랑 달팽이도 살고.

그러다 후두두 비가 내리면 작은 연못의 진흙밭 위에는 금방 물이 차서 콸콸콸 흘러넘쳤지. 비가 멈추면 물을 천천히 빨아들인 검은 진흙은 조금 더 부풀었어. 그리고 그 물기 어린 연못 위에는 달이 떴지.

달   나 왔어. 달 왔어. 어딨니? 어디 있지? (노래한다) 아아아.

아이   머, 머, 머, 머.

달   아이고, 깜짝이야.

아이   머머

달   응, 정말 깜짝 놀랐다.

아이   머머

달   응, 감쪽같이 속았네.

아이   머어

달   배고프다고? 밥 먹자.

아이   머어

달   졸려? 자야지.

아이   머어

달   그래. 숨박꼭질하자. 하나 둘 셋 넷 다섯 여섯 일곱 여덟 아홉 열

찾는다.

찾았다.

아이   머어

달   그래. 다시 하자. 잘 숨어 봐. 하나 둘 셋 넷… 열.

찾는다. 찾았다.

아이   머머머머머

달   그래, 이번엔 니가 찾아.

아이   머머

할아머니   달이 비추는 검은 연못은 은은하게 빛났어. 달빛을 받으며 아이

는 진흙탕 속에서 뒹굴뒹굴 놀았어. 달빛은 작은 실벌레들처럼

속삭였지. (속삭이는 말놀이) 실은 달님은 조금 말이 많았어. 잔

소리도 많았지. 대신 노래도 잘했어. 아이는 달님 목소리를 좋아

했어. 그래서, 달님이 연못위에 떠오르는 날이면 달님 잔소리와

투정과 노래에 귀 기울였지.

아이   머머머머머머머머

할아머니　　아이는 진흙 위에 비친 동그란 달님을 조심스럽게 손으로 뜨거나 다시 진흙 속에 파묻거나 하면서 놀았어.

할아머니　　어느 날, 아이가 검은 연못에 뜬 달에게 말했어.
"머머"
달님이 말했어.
"왜?"
"머머"
"말해"
"머머"
"응"
"머머"

달　　응?

아이　　머머 (맛있어?)

달　　연근이 연근이지.

아이　　머머 (맛있지?)

달　　그래.

아이　　머머 (오빠)

달　　응.

질경질경 씹는다

아이　　심심.

달　　심심해? 놀자.

아이　　머머

달	숨어 봐. 내가 찾을게.
아이	머머머머머머
달	내가 항상 널 찾아낸다고? 니가 아무리 숨어도 숨을 수가 없다고?
아이	머
달	그럼 내가 숨을게 날 찾아.
아이	머머머머머
달	내가 이렇게 높이 떠 있으니까 다 보인다구.
아이	머
달	니가 더 잘 숨어 보지 그래.
아이	머머

할아머니	아이는 정말 열심히 숨을 곳을 찾았어.
할아머니	그러다 진흙 속에 몸을 숨겼어.

달	…아홉. 열. 찾는다. 꼭꼭 숨어라 머리카락 보일라. 꼭꼭 숨어라. 어, 어디 있지? 모르겠네. 못 찾겠네. 꼭꼭 숨어라. 못 찾겠다 거머리. 꼭꼭 숨어라. 못 찾겠다 대머리.

할아머니	아이는 조금씩 조금씩 진흙 속으로 가라앉았지.

달	어디 있니? 어디 있는 거야? 못 찾겠어.

할아머니	달님이 더 하얘졌어.
할아머니	그런데,
할아머니	갑자기.

아이	(폭풍같이 울며 뛰어나온다) 으아아아아아
달	저런.
아이	머머. 거머리.
달	거머리를 잡아.
아이	머?
달	체로 거머리를 잡아. 체 입구에 나뭇잎을 덮고 풀로 단단히 고정시켜. 다 마르면 그 위를 물감으로 색칠을 해.

할아머니 달은 방긋 웃었어. 하지만, 아이는 웃지 않았어.

아이	머 색?
달	음… 빨간색으로?
아이	머머머머지개색.
달	그래, 무지개색으로 칠해.

아이, 어렵게 말을 이어 간다

| 아이 | (생떼) 무지개색. 무지개색 가려워. 심심해. 가려워 심심해. 심심해 가려워. 긁어도 긁어도 재미없어. |
| 달 | 내가 어떻게 해 줄까? |

할아머니 둘은 생각에 잠겼어.

| 아이 | 오늘… 밤새고… 싶어. |
| 달 | …그래. |

아이　　　정말?

달　　　될 때까지 해 보자.

아이　　　오늘 나 밤새자. 머머~

할아머니　　아이는 눈을 부릅뜨고 앉았어.

아이　　　와

사이

아이　　　아무 일도

달　　　아무 일도 벌어지지 않아.

아이　　　아무 일도 벌어지지 않아.

달　　　그런데, 온통 뭔가 벌어져. 그게 밤이야.

아이　　　그게 밤이야.

할아머니　　아이는 길을 나섰어. 아이는 새로 만나는 것들에 이름을 붙였어.
　　　　　아이가 이름을 붙일 때마다 세상이 달라졌어.

아이　　　저건

달　　　나무야.

아이　　　밤의 나무야.

　　　　　이건

달　　　그림자.

아이　　　보라색 달 그림자.

달	저건 숨바꼭질하는.
아이	숨바꼭질하는 밤벌레 날개 소리. 저기 저건?
달	까만 별님 이불이야.
아이	이건 멈추기 춤추는 돌.

재는 돌. 오빠는 달, 오빠랑 나는 둘, 어둠이 덜덜덜

(돌둘달덜 말놀이)

달	돌둘달덜덜덜 돌둘달덜덜덜
아이	이 기분은 뭐라고 불러?
달	덜둘돌달달달
아이	아니야, 둘달덜돌돌돌

| 할아머니 | 그러다 아이는 이상한 소리를 들었어. |

아이	이건 뭐라고 불러?
달	바다.
아이	바…다…

| 할아머니 | 그건 바다였어. |

| 할아머니 | 달도 그 커다란 바다에 떠 봤어. |
| 할아머니 | 아이는 큰 바다에 일렁이는 달빛을 받으며 바다 끝에 서 있었어. 아이는 바다에 발을 담글 수 없었어. 망설여졌어. 너무 차가울 것 같았어. 아이는 손을 담갔어. 아이는 바다 위에 떠 있는 달님을 살짝 손으로 떠서 잽싸게 돌아서 뛰었지. |

할아머니　　달빛 연못으로 돌아왔어. 다시 찐득찐득한 진흙 소리가 들렸고 낮은 바람 소리가 들렸어.

할아머니　　아이는 안심했어. 집에 왔으니까. 하지만, 집은 달라졌어. 아이는 자꾸 바다 생각이 났어.

할아머니　　아이는, 바다를 상상했어.

아이　　　나는 그걸 커다란 눈이라고 부를래. 물에 젖은 바람이라고 부를래.

할아머니　　아이는, 바다가 그리워졌어.

아이, 바다를 상상한다.

할아머니　　거머리들이 자꾸 물었어. 연근을 캐는데 뿌리가 너무 질겨서 끊어지지가 않았어. 진흙 범벅이 되었고 입 안으로 흙이 잔뜩 들어왔어. 화가 났어.

할아머니　　아이는 달에게 말했어.

아이　　　싫어.

달　　　　뭐가?

아이　　　더 이상 여기 살지 않아.

달　　　　그럼?

아이　　　바다로 가서 살자.

할아머니   오빠는 갑자기 조용해졌어.

아이   오빠.

달   왜?

아이   말해.

달   내가 어떻게 해 줄까?

아이   같이 가.

달   난 여기가 좋아.

아이   같이 바다로 가.

할아머니   달은 곰곰이 생각에 잠겼어.

달   바다는 커. 차갑고.

아이   모래사장이 있지.

달   파도가 치고.

아이   그래서, 하루 종일 재미있어.

달   물이 깊어.

아이   물 위에도 뜰 수 있고, 물 밑으로도 헤엄칠 수 있어.

달   너의 팔다리는 바다 안에서 허우적댈거야.

아이   난 팔다리 말고 몸통으로 헤엄칠 거야. 물고기처럼. 고래처럼.

할아머니   달님이 말했어.

달   여긴 우리 집이야.

아이   달이 사라지면 밤은, 달이 없는 밤은, 되게 무서워.

그러다 달이 나타나면, 왜인지는 모르겠는데 날 놀리러 오는 것
같아.

달이 없으면 무서운데 달이 있으면 약올라.

내 기분이 바람처럼 왔다 갔다 해.

달　　　　니가 걱정이야.

아이　　　그냥 하늘에 있어. 그렇게 맨날 그 하늘에 멍청하게 있어.

달　　　　내가 어떻게 할까?

아이　　　정말?

달　　　　그래. 내가 뭘 해 줄까?

아이　　　정말이지.

달　　　　그래.

아이　　　죽어.

달　　　　……

아이　　　우선 죽어. 오빠가 죽으면 내가 떠날 수 있어.

할아머니　달은 오래 생각에 잠겼어.

달　　　　나는 그냥 죽지는 않을 거야. 난 다시 살아날 거야.

할아머니　아이는 말했어.

아이　　　난 싫어. 나는 바다로 갈 거야. 거기에서 살거야. 그리고 거기서 죽
을 거야.

달   뼈는 어떻게 하지?

아이   뼈는

할아머니   둘은 곰곰이 생각에 잠겼어. 뼈는 아주 중요했거든.

할아머니   왜냐하면 죽은 자들의 뼈는 생명으로 가득하니까 말이야.

아이   오빠가 내 뼈를 모아 줘.

달   그래.

아이   오빠 뼈는 어떻게 할 거야?

달   이렇게 할 거야.

할아머니   달은 아이에게 귓속말을 했어.

            아이와 달은 고개를 끄덕였어.

달   내가 숨을게 날 찾아. 이게 진짜 마지막 숨박꼭질이야.

아이   하나 두울 셋 넷 다섯

할아머니   아이가 보는 앞에서 달은 시름시름 앓더니 천천히 얇아졌어.

            그러고는 하늘에서 사라졌지.

            땅과 하늘에 깊은 어둠이 찾아왔어.

            아이는 오랫동안 그걸 보았어.

아이   머머머머. 나는 돌아오지 않을 거야. 항상 떠날 거야.

할아머니　　그리고, 달빛 연못을 떠났어.

아이　　재는 돌. 오빠는 달, 오빠랑 나는 둘, 어둠이 덜덜덜,
　　　　　（돌둘달덜 말놀이）

할아머니　　아이는 바다로 갔어.
　　　　　큰 파도가 바다 저 멀리에서 아이의 발끝까지 밀려왔어.
　　　　　파도가 아이의 발끝을 톡 건드리고 사라지는데 작은 조개껍질들
　　　　　이 또르르르 굴러왔어. 아이는 조개껍질 하나를 주웠어.

　　　　　조개껍질에 뺨을 댔어. 하얗고 차갑고 단단했지. 그건 달의 뼈였어.

아이　　찾았다.

할아머니　　아이는 바다로 들어가서 깊은 물에 몸을 담갔대. 그리고, 점점 부
　　　　　풀더니 커다란 고래가 됐대.

커다란 바닷속을 헤엄치는 고래

할아머니　　그래서, 달 오빠는 그렇게 죽어 버렸냐구?
할아머니　　아니야. 달은 사라졌던 하늘 위에 손톱처럼 빼꼼 다시 떠올랐어.
　　　　　바닷물을 쪽쪽 쪽쪽 쪽쪽쪽쪽 빨아 먹으며 부풀어 올랐지.

할아머니　　달이 점점 작아져서 사라지면 우리는 바닷가에서 조개껍데기를
　　　　　발견할 수 있는데 그게 달의 뼈야. 그 조개껍데기에 귀를 기울이
　　　　　면 아직도 수다를 떠는 달님 목소리가 들려. 소근소근 속닥속닥

조잘조잘. (말놀이)

할아머니 고래는 바닷속 깊은 곳에서 아기 고래들을 낳았어. 그렇게 계속 고래는 고래의 고래의 고래들로 살았고, 달은 바닷물을 쪽쪽쪽 먹었다가 우웨에 뱉어냈다가 커졌다 사라졌다 계속 뜨지.

5장

2022년 作

할아머니   해가 뜨고,

달이 뜨고,

해가 지고,

달이 졌어.

다시, 해가 뜨고,

달이 뜨고,

해가 지고,

달이 졌어.

해가 뜨고,

달이 지고,

달이 뜨고,

해가 지더니,

또, 해가 뜨고,

달이 지고,

달이 뜨고…

할아머니들, 커다란 돌을 베고 잠자리에 든다.

할아머니들, 푸우푸우 코를 곤다. 곤히 잠든다.

막

2022년 作

지하철은 존재하는

—춤추는 춤추지 않는—

작가 노트

〈지하철존재론〉은 다원 공연을 위한 텍스트이다. 2019년 10월 망원동의 작은 극장 '이 행성의 이행성에 관한 극장'에서 배우들의 신체와 움직임을 중심으로, 사운드와 공간, 말, 그리고 영상-브라운관들-이 공연 〈지하철존재론〉의 매체로 쓰였다.

이 작품은 두 개의 시선으로 전개된다.

<u>보고서 발췌1</u>은,

먼 우주에서 온 존재들이 지하철을 중심으로 인류라는 낯선 존재에 대해 작성하는 첫 번째 보고서이다.

<u>'나' 목소리</u>는,

전파에 실린 목소리만 남게 된 어느 여자의 기억이다. 그는 죽었을 수도 있고, 인류와 함께 사라졌을 수도 있다. 아주 먼 곳, 아주 나중의 허공을 떠다니는 어느 여자의 목소리가 기억과 사랑을, 우리의 시간을 말한다. 한때 모든 것이었지만 이제 아무것도 아닌 것들.

1장. 지하철

'나' 목소리

너를 봤다고 생각했다. 하지만, 그건 네가 아니었다.

움직이지 않고 있을 때,

말하지 않고 있을 때,

가만히 있을 때,

나는 너를 알아볼 수 있을까.

너를 알아보지 못한다면.

우리는 서로를 모르는 걸까.

보고서 발췌1

지하철에 서 있을 때, 아무것도 하지 않을 때 그는 누구인가.

그는 머리끝부터 발끝까지 하얀 지하철 형광등 아래에서 누구인가.

그가 가만히 서 있을 때 그를 알 수 있을까.

그가 서 있는 습관, 짝다리, 골반, 척추뼈가 놓인 방식은

선천적인 생김새와 더불어

어떻게 후천적인 생김새를 만들었을까.

그는 자신의 몸 어디를 좋아하는가.

어디를 혐오하는가.

왜 그럴까.

그는 다른 이들을 바라본다.

그의 혐오와 자신의 동경 사이에서.

그것이 그의 척추를 어떻게 세우는가.

그는 지하철에서 가만히 서서 누가 되고 싶은가.

그는 어떻게 다른가.

그는 그렇게 다르다.

그는 왜 다른가.

그가 자신이라고 생각하는 그와

누군가 그라고 생각하는 그가 다르다.

이 차이는 그를 어떻게 만들고 있는가.

그는 보여진다.

그는 다른 이를 보면서 자기 몸의 중심을 옮겨 본다.

허리를 세워 본다. 짝다리 중심을 바꾸고 흘낏 차창에 비친 그를 확인한다. 생각했던 것과 다르자 머리를 매만진다. 눈을 내리깐다. 누군가 흘낏흘낏 그를 보고 있는 걸 느낀다. 그는 핸드폰을 하는 손가락을 들어 올리며 힘을 준다. 어깨를 내리고 허리를 편다. 키가 커지는 것 같다.

그는 본다.

그는 보여진다.

그는 누군가를 본다.

그는, 보여진다.

'나' 목소리

너를 알아보지 못한다면.

우리는 서로를 모르는 걸까.

우리는 모른다.

너는 고개를 돌린다.

나는 고개를 돌린다.

고개를 돌린 지하철 창문에는

처음 보는 내가 너처럼 있다.

나는 나를 처음 보듯 너를 처음 본다.

<u>**보고서 발췌1**</u>

벗어날 수 없는 서로의 반경 안에서

서로를 모르는 채,

서로를 모르는 어색함에 신경 *끄고*,

자신의 피로나, 핸드폰이나, 누군가의 신발이나, 핸드폰이나,

어떤 음악이나, 핸드폰이나, 멍때리기나 핸드폰이나,

개발서나 핸드폰이나, 앉거나 서거나 핸드폰이나.

사람들은 핸드폰을 보고 있다. 그들은 핸드폰을 본다.

그 세계는 무엇인가. 핸드폰에 관한 감각적 탐색과 연구.

2장. 핸드폰

<u>보고서 발췌1</u>

핸드폰으로 길찾기부터 시작해 보았다.

모든 감각, 공간감조차 이것(핸드폰)을 통해 나가는 상태가 된다.

고개를 들어 큰 건물, 넓게 펼쳐진 어떤 곳을 보려 하면

시선이 잘 조절이 안 된다.

관심 가는 것이 생기면,

누가 모르게 자세하게 디테일하게 볼 수 있는 능력이 생긴 것 같은데,

쉽게 질린다.

자세히 못 본 거 같은데. 금방 질린다.

핸드폰을 보는 동안 몸이 점점 굳는 걸 느낀다.

내면에는 어떤 정서도 생기지 않는다.

어떤 정서가 일어나질 않으니 몸이 딱딱해진다.

누군가의 머리카락을 헤집기 시작해 보았다.

인터넷에서 기사를 타고 점점 들어가는 것처럼,

머리카락을 집요하게 헤집는데, 금방 지루해졌다.

촉각은 얼마나 중요한 걸까.

어린 인간들은 세상을 감지하기 위해

맨 처음 손을 뻗어 만지기 시작한다.

하지만, 핸드폰을 보는 일은

힘이 하나도 쓰이질 않는다.

힘을 아무것도 안 쓰다가 힘을 쓰고 싶을 때
어떻게 써야 할지 모르겠다.
그래서 누군가를 때리고 싶어지는 건가.
누군가를 만지고 싶어지는 건가.
하지만, 방법을 모르겠다.

핸드폰으로 무언가를 하다 보면
원하는 걸 순간순간 낚아챌 수 있게 된다.
하지만, 경로가 사라지기 때문에
자신이 어떻게 하다가 여기에 왔는지 모르게 된다.
흐름이 잘 생기지 않고, 무엇을 하려고 했는지,
왜 여기에 있는지 잘 모를 때가 많다.

핸드폰의 진동이 지하철의 진동으로.

지하철의 진동은,

파동을 만들고,

파동은 분열을 만들고,

분열은 세포를 가르고,

세포는 분화하고,

진화하고,

돌연변이하고,

지하철은 세포 분열을 하고,

단세포 생물이 세포 분열을 하고,

세포 분열은 새로운 생명을 낳고,

생식하고,

죽고,

낳고

생식하고

죽기를 반복한다.

돌연변이

지하철과 진동과 세포 분열과 진화에 관한 연구와 탐색.

3장. 진화(진동 – 세포 분열 – 진화)

보고서 발췌1

나눠지고 나눠지고 나눠지고 나눠지고 나눠지고 나눠지고 나눠지고 나눠지고
나눠지고 나눠지고 나눠지고 나눠지고 나눠지고 나눠지고 나눠지고 나눠지고
나눠지고 나눠지고 나눠지고 나눠지고 나눠지고 나눠지고 나눠지고 나눠지고
나눠지고 나눠지고 나눠지고 나눠지고 나눠지고 나눠지고 나눠지고 나눠지고
나눠지고 나눠지고 나눠지고 나눠지고 나눠지고 나눠지고 나눠지고 나눠지고
나눠지고 나눠지고 나눠지고 나눠지고 나눠지고 나눠지고

사라지고 사라지고 사라지고 사라지고 사라지고 사라지고 사라지고 사라지고
사라지고 사라지고 사라지고 사라지고 사라지고 사라지고 사라지고 사라지고
사라지고 사라지고 사라지고 사라지고 사라지고 사라지고 사라지고 사라지고
사라지고 사라지고 사라지고 사라지고 사라지고 사라지고 사라지고 사라지고
사라지고 사라지고 사라지고 사라지고 사라지고 사라지고 사라지고 사라지고
사라지고 사라지고 사라지고 사라지고 사라지고 사라지고

없고 없고 없고 없고 없고 없고 없고 없고
있고 있고 있고 있고 있고 있고 있고 있고
걷고 걷고 걷고 걷고 걷고 걷고 걷고 걷고
다른 데를 보고 다른 데를 보고 다른 데를 보고 다른 데를 보고 다른 데를 보고
다른 데를 보고
눕고 눕고 눕고 눕고 눕고 눕고 눕고 눕고

씻고 씻고 씻고 씻고 씻고

먹고 먹고 먹고 먹고 먹고 먹고 먹고

꿈꿈꿈꿈꿈꿈꿈

틀고 틀고 틀고 틀고 틀고 틀고 틀고 틀고 틀고 틀고 틀고 틀고 틀고 틀고

틀고 틀고

끄고 끄고 끄고 끄고 끄고 끄고 끄고 끄고 끄고 끄고 끄고 끄고

켜고 켜고 켜고 켜고 켜고 켜고 켜고 켜고 켜고 켜고

'나' 목소리

제일 먼저 핥을 거야. 혓바닥이 그 맛으로 세포까지 젖어들기 전엔 삼키지 않을 거야. 조금 차가울 수 있어. 하지만, 혀가 닿으면 닿은 그 부분부터 우리는 비슷하게 달아오를 거야. 핥을 거야. 닦고 삼키고 머금고 돌릴 거야 스미고 품고 너를 알 거야. 맛이 변할까? 흠뻑 들이켤 거야. 그 공기, 향이 배인 공기. 시큼하고 달달한 냄새. 알지만, 안다고 생각했지만, 그 냄새를 들이켜는 순간 다시 흥분되겠지. 아무리 흥분해도 한 번에 해치우지 않을 거야. 천천히, 온전히 내 것이 될 때까지, 천천히 해치워 버렸던 시간들을 후회하면서 더 천천히. 핥을 거야. 맡고, 들이켜고, 내뱉고, 더 깊숙이, 더 깊이, 더 부드럽게, 좀 더, 좀 더, 아니야. 멈추지 마. 지금은 아니야. 존나, 존나 맛있어. 더 잘할 수 있어. 더 잘. 아.

빨랐어. 급했어. 기억할 수 있겠어? 다 사라졌어. 그게 내가 되어야 해. 그 모든 것이, 그것과 맨 처음 닿았을 때, 조금 흔들어 볼까. 조금만 더 눌러 볼까. 거칠게 밀쳐 볼까. 뭔가, 너무 그래. 거칠게, 확. 그냥. 막. 그렇게 그래. 그럼. 확. 그렇게.

끝내지 않을 수 없을까. 그래 끝내지 않으면 돼. 자, 너는 여기 있어. 나는 기억해.

'나' 목소리

있다. 서 있다. 내가 서 있을 때, 나는 누구인가.

아무것도 하지 않을 때 너는 누구인가.

보고서 발췌1

내가 보는 너, 를 보는 내가 보여지는 대로 보고 있는 너, 가 보이는 대로 보는 나, 와 나를 보려고 애쓰는 너, 사이에서 보이고 싶은 나, 와 보이는 나, 와 보는 대로 본다고 믿는 너, 와 보이고 싶은 너, 와 보이는 너, 사이에서 보이는 대로 본다고 믿는 나, 이면서도 보고 싶은 대로 보는 나, 와 그걸 보는 너, 와 보이는 너, 와 보는 나, 와 보이는 나, 와.

인간으로 진화한다. 혹은, 돌연변이한다.

그 존재를 탐색한다.

4장. 그 사람

보고서 발췌1

지하철의 문이 열리고, 사람들은 탄다. 그들은 본다. 그들은 보여진다. 그들은 보이는 대로 되어 본다. 그들은 보여지는 대로 되어 본다. 되어 보는 대로 보여진다. 그게 그 사람이다. 그 사람이 되면, 지하철은 긴 터널로 들어서고, 검은 거울이 그를 비춘다. 그들 사이 그 사람은 저렇게 보인다. 저렇게 보이는 저 사람은 그 사람이다. 사람들은 그 사람을 그렇게 보고, 그는 그렇게 보인다. 그렇게 보여지는 그 사람이 그다.

그들은 지하철 안에서 진화한다. 그들의 시선의 교차는 진화를 이끈다.

보고서 발췌1

서고 앉고 걷고 서고 앉고 눕고 서고 걷고 서고 앉고 눕고 서고 걷고 멈추고 걷고 앉고 눕고 멈추고 서고 걷고 서고

서고 앉고 걷고 서고 앉고 눕고 서고 걷고 서고 앉고 눕고 서고 걷고 멈추고 걷고 앉고 눕고 멈추고 서고 걷고 서고

서고 앉고 걷고 서고 앉고 눕고 서고 걷고 서고 앉고 눕고 서고 걷고 멈추고 걷고 앉고 눕고 멈추고 서고 걷고 서고

서고 앉고 걷고 서고 앉고 눕고 서고 걷고 서고 앉고 눕고 서고 걷고 멈추고 걷고 앉고 눕고 멈추고 서고 걷고 서고

서고 앉고 걷고 서고 앉고 눕고 서고 걷고 서고 앉고 눕고 서고 걷고 멈추고 걷고 앉고 눕고 멈추고 서고 걷고 서고

서고 앉고 걷고 서고 앉고 눕고 서고 걷고 서고 앉고 눕고 서고 걷고 멈추고 걷고 앉고 눕고 멈추고 서고 걷고 서고

잠을 잔다. 잠에서 깨어난다. 일어난다. 걷는다. 손을 뻗는다. 잡는다. 돌아선다. 앉는다. 일어선다. 걷는다. 옷을 벗는다. 씻는다. 물. 거품. 물. 거품. 물. 닦는다. 옷을 입는다. 입는다. 입는다. 거울을 본다. 보이는 것을 본다. 보이는 것이 무엇인지 안다고 생각한다. 돌아선다. 걷는다. 문을 연다. 문을 닫는다. 걷는다.

걷는다. 서 있는다. 걷는다.
걷는다. 앉아 있는다. 걷는다.
멈춘다. 앉는다. 걷는다. 선다.
앉는다. 앉아 있다. 앉아 있다. 일어선다. 걷는다. 밖을 본다. 걷는다.
앉는다. 일어선다. 걷는다.
걷는다. 서 있다. 걷는다. 앉아 있다.
선다. 걷는다. 멈춘다. 걷는다.
선다. 멈춘다. 눕는다. 잠든다. 잠을 잔다.

5장. 사물들, 분실물들의 매뉴얼

그는 오늘도 무언가를 산다. 그는 그걸 사면서 조금쯤 안심하고 조금쯤 불안해진다. 그리고, 다시 불안함을 해소하기 위해 무언가를 고른다. 그는 예민하다. 피로하다. 기분이 안 좋다. 세상이 문제다. 그의 피로는 오래되었다. 그는 자신의 불면이 이 밑도 끝도 없는 불쾌함의 원인이라고 생각해 본다. 좀 잘 잘 필요가 있다. 그는 잠을 잘 자기 위해, 잠을 잘 자서 이 불안과 피로를 해결하기 위해 방법을 찾아본다.

내 스탠드는 지금 나를 위한 빛을 만들고 있는가.
부피가 크고 무거운 것은 기본, 업무 중 빛이
모니터 등에 반사되어 방해되지 않는 각
도를 계속 조정해 줘야 하는 번거로움
, 그리고 감성적인 조명 때문에
샀는데 막상 빛의 밝기와
색 온도가 마음에 들지 않는
스탠드. 오늘 소개하는 제품을
보면 기존 스탠드의 불편한 진실
을 발견할 것입니다. 스탠드의 존재
감을 잊어라. 편리한 사용성, 편안한 분
위기. 앞서 언급한 기존 스탠드의 단
점을 철저하게 극복한 제품입니다.

지시 사항을 지키지 않으면, 사용
자가 사망 또는 중상을
입을 수 있습니다.
지시 사항을 지키지 않으면,
사용자의 부상이나 재산 피해가
발생할 수 있습니다. 전원선을 연장
하거나 개조하지 마십시오. 장시간 냉풍을
직접 쐬면서 수면을 취하지 마십시오. 체온
조절 기능이 약화되거나 건강에 해롭습니다.
임의로 수리하거나 제품을 분해하지 마십
시오. 감전, 화재 및 고장의 원인이 됩
니다. 접속이 느슨한 콘센트는 사용
하지 마십시오. 장시간 사용치
않을 때는 전원 플러그를 빼내
어 주십시오. 먼지가 쌓여서 화
재의 원인이 됩니다. 물을 뿌리지
마십시오. 감전과 고장의 원인이 됩니다.

사용법은 간단합니다. 먼저 물탱크에 물을
채우셔야 돼요. 이 제품은 수증기를 이
용해 옷의 구김도 펴 주고 미세먼지
와 황사를 제거하는 제품이니까요.
이건 전용 옷걸이인데요. 여기
에 상의를 걸어 주시면 됩니다. 상
의를 거실 때 단추를 채워 주시면

옷 형태가 잡혀서 더 큰 효과를 보
실 수 있습니다.

보고서 발췌1

*보는 프랑스어를 뜻하는 *와 로봇의
합성어입니다. *보는 반려동물의 감촉과
꼬리 움직임을 구현한 쿠션형 애완로봇입니다. 대기
상태가 사용자의 터치에 반응하여 실제 반려동물처럼
움직이도록 개발된 제품입니다.
쓰다듬어 주세요, 꼬리가 반응합니다, 힐링이 됩니다.
부드럽게 쓰다듬어 줄 때, 빠르게 쓰다듬거나 톡톡
두드려 줄 때, 가끔은 상하좌우 360도 꼬리 흔들기
신공도 부려요, 쓰다듬지 않아도 가끔은
놀아 달라고 애교를 부려요, 마음을
치유하는 꼬리 쿠션
그는 잠을
잘 자기 위해 귀마개를 검색한다.
귀마개 중 귀에 꽂고 자는 이어폰이 있다.
잠을 잘 자도록 하는 노이즈가 이어폰에서 들려와
숙면을 유도한다. 잠이 더 쉽게 들기 위해
숙면을 유도하는 국화차를 검색한다.

보고서 발췌1

메*드 핸드워시는 액체형으로 미 연방환
경청(US EPA)에서 안전성을 인증받은
식물 유래 원료로 만들어졌습니다. 세제의

전 성분을 표기하고 있어 안전성을 직
접 확인할 수 있는데요. 비타민E, 알로에
등의 천연 성분을 함유하고 있어 자주 손을 씻어야 하
거나 피부가 민감한 분들이
사용하면 좋습니다.

그는 이제 노이즈 캔슬링 이어폰을 끼고 잠을 잔다. 유기농 지리산 국화차를 따뜻하게 마셨다. 새로 산 베개는 내일쯤 도착할 것이다. 내일부터는 완벽한 잠을 잘 수 있다. 내일부터는. 아직 부족하다. 그 밤, 잠자리에 눕는다.

비가 온다.

비가 새고, 제습기에서는 물방울이 떨어지고, 제습기를 돌려서 너무 건조해진 집에 가습기를 켜고, 가습기를 켜서 너무 축축해진 집에 에어컨을 틀고, 에어컨을 틀어서 너무 추워진 집에 난방기를 틀고, 난방기를 틀고 나니 좀 괜찮아졌다가, 빨래가 잘 마를 것 같아 세탁기를 돌리고,

'나' 목소리

나의 말이 너에게 들리지 않으므로 내 말은 없어졌다. 아니, 없다. 아니, 없었다. 나는 들리는 말들로 채워진다. 내 귀의 작동 방식은 실은 섬세하다, 강력하다. 귀가 말하지 않는 이유는 다물어지지 않기 때문이다. 귀는 침묵하지 않으므로 입술을 압도한다. 들리는 것들로 채워진 나는 흘러넘치고 흘러넘친 말들은 내 입에서 나온 말들이 아님에도 내 말이다. 나는 포기한다. 나는 멈추지 않기 위해 멈춘다. 나는 말하고 싶지만, 나는 떠든다. 너는 듣지 못한다. 나는 떠들고 너는 듣지 못하는 까닭은 내가 들은 말들로 채워져 있기 때문이다. 너도 입을 열어 말을 했으면 좋겠다. 한 번도 한 적 없는 말을 니가 했으면

좋겠다. 지금, 여기서, 당장.

보고서 발췌1

(소리 점점 작아진다)

많은 전문가들이 자세의 중요성에 대해 이야기합니다. 그러나 바른 자세는 의식적인 근육의 긴장을 동반하기 때문에 익숙하지 않은 사람에겐 매우 고통스러운 과정이 될 수 있습니다. 물리치료사, 재활트레이너, 제품 설계 디자이너가 함께 만들었습니다. 메모리폼은 1960년대 미국 항공 우주국 나사에서 우주비행사를 보호하기 위해 개발된 신소재로 장기간 사용해도 복원력이 뛰어나며 일반 폼과 라텍스 소재에 비해 뛰어난 충격 흡수력을 가지고 있습니다.

'나' 목소리

내 꿈과,

보고서 발췌1

최고급 기능성 3D 에어매시 원단으로 365일 쾌적한 사용감.

'나' 목소리

내 꿈과,

보고서 발췌1

만여 개의 실이 얽혀 있는 0.3cm의 공간은 메모리폼이 자유롭게 숨을 쉴 수 있게 합니다.

'나' 목소리

내 꿈과,

난다. 가벼운 것은 난다.
중력을 거슬러 가볍게,
바람 없는 물결에도 떠오르는 것은
가벼운 것이다.
먼지. 가벼운 먼지.
오랫동안 쌓인다.
잠에서조차 뒤척이는 이들에게
이 길고 긴 시간은 꿈이다.

보고서 발췌1

(작은 전파 소리 정도로) 어쩌면, 편리함에 익숙해져 스크린바의 존재를 잊고 일상의 일부분이 될지도 모릅니다. 좌우로 넓은 조명. 상대적으로 작은 거치대. 스탠드에서 가장 공간을 많이 차지하던 거치부는 그 용도에 비해 상대적으로 아주 작고 편리합니다. 설치 방법도 아주 쉽죠. 스크린바를 거치대에 꽂아 모니터 위에 얹어 놓기만 하면 끝입니다. 그냥 말 그대로 툭- 얹으면 끝.

(전파 소리)

'나' 목소리

나는 정지한다.

나는 점점 더 정지한다.

점점 더 정지한다.

나의 정지는 너다.

니가 될 수 없는 너로 나는 정지한다.

내가 멈출 때, 멈출 때, 멈춰 있는 동안, 흐르는 것들을 너는 알까.

알면 좋겠다.

6장. 그들의 방, 사물의 풍경

보고서 발췌1

그들은 자신의 많은 감각들을 퇴화시키고 있다. 그들이 어떤 물건을 가지기 위한 과정은 그들의 욕구나 욕망을 대신한다. 그 과정은 지구인들이 자신의 감각들을 가능한 무디게, 주위를 무관심하게, 이 상품과 저 상품의 차이만큼만 주변을 바라보도록 한다. 그들은 점점 새로운 상태로 진화하고 있다.

'나' 목소리

사물의 풍경.

잠들지 않았는데 움직이지 않는다.

손 닿지 않은 순서들.

숨 쉬지 않는다.

갈색 손잡이 달린 작은 주전자에는 뚜껑이 없다.

푸른기 도는 짙은 원목 책장에는 먼지가 앉아 있다.

문틈으로 들어온 햇살이

소리 없이 한 바퀴 돌았다.

조금 열린 문.

바람이 없다. 바람이 없으므로

모두 잠겨 고여 있다.

집 천장에,

매달았다.

대롱대롱.

하나, 둘, 셋, 넷, 다섯,

몇 가지를 매달았다.

그리고,

마지막

여섯 번째로 매달았다.

떨어지지 않고 매달려 흔들린다.

무겁고, 부드럽고, 조금쯤 축축한 그것이

매달려 흔들린다. 마지막 숨

사이로 바람이 불어서.

중력과 원심력과 구심력으로.

흔들린다.

닿을 뻔한 것들과 닿고 싶지 않아서

매달려 흔들린다.

그것 빼고 모든 사물들이 조용하다.

먼지가 조금쯤 일어났다.

다시 자리를 바꿔 내려앉는다.

아주 천천히

햇살이 물건들 사이를 매달려 돌아다닌다.

어둠은 잠시 머물다 비키고,

또 빛이 드리운다.

물건들은 조용히 입을 다물다

꿈처럼 웅성대지도 않는다.

가끔 벌레들이 길을 잘못 찾아 들어와

헤매다

집을 짓는다.

먼지와 벌레와 햇살과 바람이
시간을 밀어 간다.

무거워. 떨어지지 않아. 무거운데 자꾸 더 무거워지는데 떨어지지 않아. 계속
내려가고 있는데 떨어지지 않다니 무거워지기만 하고.

보고서 발췌1

변화무쌍하고 형체 없는 액체성에 가까운 세포의 분열이 종국에 뼈들을 거쳐
물건-갑각류에 이른다. 물건-갑각류는 외피뿐만 아니라, 내부도 뼈로 이루어
진 이상한 진화 생물이다. 인간은 그것에 많은 것을 바치지만 가지고 나면 잘

잊어버리거나 버린다.

'나' 목소리

너는 막 떠났다.
너가 떠나고 남은 게 없다.

너가 없는 그곳에는 이미 사라진 거울이 사라진 창문을 비추며 창문 밖 바람
을 비추며 창문 밖 전깃줄을 비추며 창틀이 드리운 그림자를 비춘다. 비추지
않는다. 이미 사라진 창문에는 너 없는 그림자들. 짙어지고 옅어지는 그림자
들이 창문 너머 아른대다 거울에 비치지만 비치지 않는다. 왜냐하면 너가 떠
나고 이미 사라진 것들이다. 이미 사라진 TV 속에서 움직이고 있는 것들은
소리가 없고 괴상한 빛과 어둠을 바닥에 뿌리다가 흩어놓다가 거울 속으로
사라진다. 너를 비추던 거울. 너를 들여다보던 창문. 너에게 빛과 어둠을 뿌리
던 TV. 너 없는 창문을 비추는 거울을 비추는 TV. 너가 가고 남은 게 없다.

보고서 발췌1

이 물건–갑각류들이 점점 지구의 대부분을 차지하고 있다. 물건들의 정글. 이들은 욕구가 없지만, 이들이 지구를 점령할 수 있는 비결은 무엇인가. 욕망의 대상이 될 수 있다는 것. 물건들은 욕망의 대상이 되도록 진화되어 왔으며 그들은 이제 지구를 점유한다.

'나' 목소리

이제 없는 너를 생각하면, 나는 마치 아주 나중을 살고 있는 것 같아. 여기는 내가 살았던 곳이 아니야. 나는 낯선 곳에서 오지 않을 너 없는 이곳에서 어떤 시간들을 보내고 있어. 이 시간을 이해해 보려고 하지만 그건 그저 더 나중을 떠올리게 할 뿐이야. 나마저도 사라져 없을 시간. 너도 나도 없을 때, 거기는 어디인가. 시작이 있고 끝이 있는 시간의 흐름을 나는 알 수 없을 거야. 내가 아는 시간은 그때 거기서 너 있던 거기서 한 번도 움직여 본 적 없는. 멈춰 있는 시간.

7장. 사라지는 그림자들의 진화

'나' 목소리

너는 우산을 잃어버렸다.

그 우산을 아끼지 않았다. 집에 있는 걸 들고 나왔다. 자기가 잃어버린 걸 모른다. 이젠, 비가 와도 모를 것이다. 집에 돌아가도 모를 것이다. 자기 몸에 무엇이 걸쳐져 있는지 모르는 너는 누가 알려 주지 않으면 자기도 모르므로 모르는 것이 많다. 우산 잃어버린 것을 모르고, 양말 한 짝이 뒤집어진 걸 모르고 빤스 고무줄이 늘어난 걸 모르고, 방광에 작은 돌기가 있어 조금씩 오줌 줄기가 비실비실해지는 걸 모르고, 옆구리 새로 생긴 점을 모르고, 발목에 오래된 멍이 계속 낫지 않고 있는 걸 모르고, 새치 몇 가닥이 늘어난 걸 모르고, 재채기가 잦아진 걸 모른다. 자기가 무언가를 모르는 걸 모르기 위해, 자신의 무지라는 불안과 공포에서 벗어나기 위해 너는 자기도 모르는 쪽을 선택해 왔다. 너는 점점 더 모르게 되고, 너는 점점 더 안전해지고, 너는 점점 더 무감각해지고, 너는 점점 더 물건을 잃어버린다.

보고서 발췌1:

인간은 자기가 물건을 분실한다고 생각한다.

하지만, 이제 물건들은 인간과 떨어져 인간보다 오래 시간을 보낸다.

인간보다 오래 남아. 더 오래.

이제, 물건이 인간을 분실한다.

끝

2019년 作

이원적 상상력의 여왕, 동이향

박상현(극작가·연출가·한국예술종합학교 연극원 교수)

동이향이 「내가 장롱롱메롱문 열었을 때,」를 다시 공연할 때 그의 내면에서 연극을 만들어내는, 공연 작가로서의 본능에 큰 정변이 일어났었음이 분명하다. 그가 새로운 창작의 체계를 뇌에 장착하고 처음으로 들춰 본 작품이 「⋯장롱롱⋯」이었는지, 아니면 우연히, 마침 할 일이 없어서, 지난 연인 중 한 명 불러내듯 「⋯장롱롱⋯」을 꺼내 보다 불현듯, 돈오(頓悟)하여 뇌 속을 재정비하였는지는 알 수 없으나 초연의 전작 「⋯장롱롱⋯」과 후작 「⋯장롱롱⋯」 사이를 경계로 하여 동이향의 연극은 달라지는 것으로 보인다.

한때 동이향은 어려운 연극, 난해한 희곡의 총아였다. 그도 알 것이다. 들었을 것이다. 그러나 혹자는 당시의 동이향을 이렇게 평하기도 했다.

"그는⋯그 어디에도 소속되지 못하고 떠도는 동시대인의 삶을 낯선 언어와 그로테스크한 무대에 담는 것으로 주목받아 왔습니다. 그는 통상적인 스토리텔링과 이미지 구성을 멀리하고, 평범해 보이는 인간이 품고 있는 기이한 정서를 그만의 독특한 시선으로 바라봅니다. (⋯중략⋯) 낯설고 촘촘한 언어의 밀도로 이루어진 연극 만들기를 통해 존재의 의미와 방식, 그리고 오늘을 사유합니다. 그 사유는 때로는 깊이를 알 수 없이 아득하고, 어두운 듯 희미한 듯 잡히지 않을 때가 있어 그는 무척 외롭기도 했을 겁니다."[1]

---

1) 2020년 윤영선연극상 심사 소감 중에서.

2016년 다시 공연한 「⋯장롱롱⋯」은 표현이 훨씬 선명하고 다소 쿨해졌는데, 여기서는 대를 잇는 핏줄이라든가 대자아가 사라진 세상, 어지럽고 비틀거리는 자아의 분열상과, 질서를 잡아 보려 해도 끌어모아 보아도 흩어지기만 하는 공동의 의식이 명징하게 드러난다. 자본에 의해 살해되는 공동체 식솔들의 모습이 한편으로 자연과 기술이 재생과 복제의 명분으로 상호 수렴하고 무한 순환하는 만다라를 펼친다. 그 무질서의 질서 속에서 인물들은 어미를 흉내 내는 자식들처럼 작가의 호흡과 음성을 따르고, 극의 서술은 독백과 해설 사이에서 관객에게가 아닌, 관객과 함께하는 것이 아닌, 아닐 수 있는 — 느낌과 상상과 가늠의 진술이 — 문학적 영역의 언어로 펼쳐진다.

「암전」은 전쟁과 패자의 연극이다. 극장의 무대를 주 무대로 하고 있는 이 극은 죽여 주지도 않고 살려 주지도 않는 전쟁의 패자, 포로, 함몰과 멸실, 그리고 죽은 자의 군복을 담고 있는 무대 한편의 깊고 어두운 구덩이다. 그 속에서 자본의 시혜 — 사실은 껍딱지 — 같은 소비의 대상은 마치 애틋한 첫사랑인 양 행세한다. 젊은 여자는 유부남 배우의 몸 한편을 잠시 소유하고, 지문에서는 시도 때도 없이 '이지혜, 가방을 들여다본다.'

　　　살까, 말까, 살까, 말까
　　　살까, 말까⋯

작가의 이분법은 공간에 대해서 더 민감하게 드러난다. 안과 밖, 있는 데 없는 데, 밝은 곳 어두운 곳⋯. 여기서 빈 건 빈 어두움이다. 문을 닫은 극장 로비, 조명이 꺼진 무대, 무대 안의 피아노 속, 무대 어딘가의 구멍, 직경 30센티의 땅굴, 무엇보다도 안구를 잃은 빈 눈구멍. 그 구멍에는 손가락이 세 개 들어가고, 이지혜가 사고 싶은 가방에는 '여기 여기 주머니 있어서 딱 지갑 꺼내기 좋고,' 그리고 박물관에 전시된 군복 앞에 선 여인,

한 번만 저 주머니에 손을 넣어 볼게요. 저 안에 염주가 있을
거예요. 오빠가 그랬어요. 어머니 염주를 여기에 넣고 꿰매 다
녔다고. (…중략…) 우리 오빠 거예요.

'화이트 크리스마스'가 라디오에서 나오는 날 오빠는 사이공에서 실종되
었단다.

무대 구멍 속. 노숙자는 안수명의 목소리를 낸다. 안수명. 일본으로 끌려
간 안중근의 먼 친척. 선박 난간이 높아 바다가 하나도 안 보였다는 어린 그
는 조국으로부터 멀리 떨어져 구덩이 같은 세월을 보낼 것이다. 이 연극 속의
구덩이 같은 연극 '잊혀진 부대'는 극장 문 밖으로 이런 대사를 내보낸다.

조국이 우리를 기억할까요? (…중략…) 내가 죽어 조국이 날
잊는 게 나을까요? 내가 살아 이 여기를 못 잊는 게 나을까요?

역사 속의 수많은 죽음과 상처와 그 희생자들을 기록 뒷장의 구덩이와 어
둠 속에 간직하며 동이향은 우리를 '별 없이 까만 밤'으로 손잡아 끈다.

「간과 강」에 이르면 동이향 특유의 이분법적 인식 체계와 이원적 표출 양
식은 절정을 이루는 듯하다. 그녀는 '공간과 공간, 있고 없음 – 이분법의 여
왕'에 등극하였다.

개인적으로 '간과 강'이라는 제목은 나의 몸에 어떤 검고 둔탁한 물리적
자극을 준다. '간'은 나의 간(肝)을 생각하게 하고 '강'은 음주에 대한 내 죄책감
을 건드린다. 극 속에서 여인 L은 시도 때도 없이 맥주 캔을 따고 알 수 없는
어깨의 통증을 호소하다 병원을 찾는다.

이유 없는 아픔 – 육체적 고통을 어떻게 알리나. 어떻게 함께하나. 집 안 싱
크홀은 바닥이 없어진 것이고 구멍이 생긴 것이다. 그녀의 통증은 모호한 것

이어서 '일어났는데 일어나지 않은 것 같아요. (…중략…) 이쪽 귀는 잘 들리는데, 이쪽 귀가 잘 안 들려요. 아닌가. 이쪽이 잘 들리고 이쪽이 잘 안 들리나.' '통증이 세졌다, 약해졌다, 이러는 건 모스부호 같은 거 아닐까요?' 그래서 '시티 결과상 문제가 없어요.' '저는 아프지 않은 거예요 / [2]그래요 / 그런데, 저는 왜 아프지요?' 그래서 병원비를 낼 카드도 없어졌다. 이 모든 모호함과 이중성을 반짝 씻겨 줄 것이 있는데, 인어가 발견됐다고 한다.

> 인어를 가지고 해부를 했는데, 몸 한가운데 뭐가 있는지 알
> 아? 간. 빛나는 간. 크고 아름답고 육중한 간. 싱싱한 간.

그러나 그것일 뿐 남편의 여자와 남편의 성욕은 불분명하고 L은 캔맥주를 딴다.

맥주와 더위, 간 손상, 조금씩 조금씩 쌓이는 독, 이루는 것 없이 결정적인 시간은 다가오는 것 같고…. 동이향의 이분법은, 그 결말은 변증법의 합(合)도 아니고 탈출도 아니다. 그 안에서, 두 줄 궤도 사이에서 뭉개지고 스며들고 사라지고자 하는 고즈넉한 자결(自決) 같다.

「지하철존재론」에 와서 동이향의 언어는, 그 언어의 언어는 칼날처럼 반짝인다. 다시, 칼날처럼 반짝인다. 영상과 사운드가 표현 매체로서 다가오고, 배우들의 몸이 움직임 주체로서 확연하게 나설 때, 그 언어 또한 자체로서 존재하기 위해 상징적 완성성을 가져야만 할 것이고, 언어 그 자체이면서도 무대 위의 모든 것을 품어 안는 그릇이 되어야 한다.

'지하철에 서 있을 때, 아무것도 하지 않을 때, 그는 누구인가'로 듣는 이를

---

2) 이 글에서 '/'는 줄 바꿈의 부호이다.

방심케 하며 시작된 그의 언어는 자체 대면하고, 끌어안고, 겹치면서 비끼고, 재생시키고, 산포되고, 기계적 진화를 하고, 언어로서의 역할을 해태하고, 언어로서 감히 몽상하고 꿈을 꾸고…

> 좀 잘 잘 필요가 있다. 그는 잠을 잘 자기 위해, 잠을 잘 자서 이 불안과 피로를 해결하기 위해 방법을 찾아본다. (…중략…) 그는 이제 노이즈 캔슬링 이어폰을 끼고 잠을 잔다. 유기농 국화차를 따뜻하게 마셨다. 새로 산 베개는 내일쯤 도착할 것이다. (…중략…) 나의 말이 너에게 들리지 않으므로 내 말은 없어졌다. (…중략…) 나는 들리는 말들로 채워진다. 내 귀의 작동 방식은 실은 섬세하다, 강력하다. 귀가 말하지 않는 이유는 다물어지지 않기 때문이다. 귀는 침묵하지 않으므로 입술을 압도한다.

그 언어의 관념성은, 언어의 기하학은, 기호와 구조는 생화처럼 피어 그를 시인으로 만든다. 이거 이거, 연극 창작자로서 위험지경이다.

돌이켜 보면 우리 연극계에서 희곡 작가의 문학성은 의문시되어 왔던 것이 사실이다. 바람직하지 않은 기류가 오래 이어져 왔다고 생각한다. 희곡 작가는 분명, 한 발은 문학의 영역에 놓고 한 발은 극장에 두어야 한다. 두 다리 사이가 민망하게 벌어지더라도 어느 쪽을 포기하거나 감당하지 못하면 안 된다. 그런 견지에서 동이향의 문학적 성취는 참으로 중대하며, 우리 희곡에서 귀중한 소득이다. 그가 두 영역의 중심을 보다 더 무게 있게 디딜 수만 있다면 우리 연극계는 큰 작가를 보유하게 될 것이라고 나는 단언한다.

연극 작가로서 점점 전위로 나서는 것에 어떤 불안감을 느꼈을까. 그는 불현듯 본원적인 이야기꾼의 자세를 취해 본다. 이분법과 존재 방식의 유희 속에서 시 같은 희곡을 쓰다 이야기의 본령으로 찾아온 이유는 무엇일까.

모두가 잠든 어둠 속에서 해가 태어나서, 이야기를 따라 긴 여행을 떠나고, '해가 뜨고 / 달이 지고 / 달이 뜨고 / 해가 지더니 / 또 해가 뜨고 / 달이 지고 / 달이 뜨고… / 할아머니들, 커다란 돌을 베고 잠자리에' 드는, 곤히 잠드는 극「해와 달에 관한 오래된 기억」을 쓴 이유는 뭘까.

너무나 당연한 이유는 묻는 것이 아니다. 쌍칼 같은 구조를 뇌에 품은 정보부 요원 같아 보이지만, 착한 엄마 동이향한테 그것을 물을 이유는 없다.

「간과 강」

제14회 차범석희곡상 수상작

2024.9.27~10.19 국립극단, 명동예술극장

출연_송인성 강현우 최정우 지춘성 김시영 유재연 구도균 신강수 성원

무대_송지인, 조명_김형연, 영상_이수경, 음악/음향_이승호, 의상_이윤진,

소품/분장_장경숙, 움직임_이윤정, 조연출_송은혜, 연출_이인수

「내가 장롱롱메롱문 열었을 때,」

2011.11.11~11.24 국립극단 공동기획, 판 소극장

출연_오대석 이미지 김진성 이소희 김석기 임윤진 류성철

무대_전경란, 조명_최보윤, 사운드_윤민철, 의상_이기리, 분장_장경숙,

소품_이소희, 움직임_나연우, 기획_고강민, 드라마터지_이곤,

조연출_류성철, 연출_동이향

2016.11.24~12.11 극단 두, 선돌극장

출연_김태근 하치성 이소희 김석기 임윤진 하동국

무대_손호성, 조명_최보윤, 사운드_윤민철, 의상_김우성, 분장_장경숙,

소품_이소희, 기획/홍보_초록나비컴퍼니, 조연출_유은재,

드라마터지_손원정, 연출_동이향

「암전」

한국문화예술위원회 창작산실 올해의신작, 극단 두

2018.2.23~3.4 아르코예술극장 소극장

출연_정선철 김태근 황은후 이소희 하동국

무대_손호성, 조명_최보윤, 영상/사운드_윤민철, 의상_김우성, 분장_장경숙,

소품_이소희, 기획/홍보_코르코르디움, 조연출_김유경 김중엽,

드라마터지_김슬기, 연출_동이향

「해와 달에 관한 오래된 기억」

2020.9.11~9.12 서울문화재단 거리예술창작지원사업, 월드컵공원, 극단 두

2021.7.27~8.1 한국문화예술위원회 창작산실 올해의 레퍼토리 선정, 문화비축
기지 T2

2022.9.29~10.2 키우피우페스티벌 초청작, 종로아이들극장

2022.10.21 가평문화예술회관

출연_이두성 노희석 김석기 임윤진 김중엽

시노그라퍼_손호성 정결, 사운드_카입, 조명_정유석, 의상_김우성,

조연출_민성오, 무대감독_김강민, 오퍼레이터_박지연 고선혜,

프로듀서_권연순(K아트플래닛), 연출_동이향

「지하철존재론 – 춤추듯 춤추지 않는」

2019.10.23~10.26 이행성극장, 극단 두

출연_이은정 노희석 하치성 이소희 김석기 임윤진 하동국

무대_손호성, 사운드_카입, 영상기술감독_김석기, 의상_이소희 임윤진,

기획_유현진, 조연출_노연주, 연출_동이향

간과 쾅

2025년 4월 17일 1판 1쇄 펴냄
2025년 12월 1일 1판 2쇄 펴냄

지은이	동이향
펴낸이	김성규
편집	김안녕 조혜주 최주연
디자인	신혜연
펴낸곳	걷는사람
주소	경기도 용인시 기흥구 동백중앙로 358-6, 7층 (본사)
	서울 마포구 월드컵로16길 51 서교자이빌 304호 (지사)
전화	031 281 2602 / 02 323 2602
팩스	02 323 2603
등록	2016년 11월 18일 제25100-2016-000083호
ISBN	979-11-93412-90-9
	979-11-89128-30-2 [04810]

* 이 책은 서울특별시, 서울문화재단 '2022년 창작집 발간 지원사업'의 지원을 받아 발간되었습니다.

* 이 책의 희곡들은 저자의 의도에 따라 연극 공연의 생생함을 그대로 전달할 수 있는 입말 위주로 쓰여 있습니다.